KB209824

김하은

2005년 서울에서 태어났다. 춘천 후평초등학교와 유봉여자중학교와 춘천여자고등학교를 졸업하고 2024년 3월 문예 특기생 전형으로 명지대학교 문예창작학과에 합격해 1학년 재학 중이다. 초중고시절 219개의 대회에서 상을 받았다. 2015~17년 춘천교육지원청 초등 문학 영재 교육 과정을 수료하였고, 2024년 춘천문화재단 전문예술인지원사업에 선정됐다. 공저로 『베개 위의 수목원』과 『액자 속 바다』가 있다.

김하은 초중고 공모·백일장 수상 모음 시집

클로버라는 이름의 박애주의자

2024년 12월 23일 1판 1쇄 인쇄
2024년 12월 31일 1판 1쇄 펴냄

지은이   김하은
펴낸이·편집장   윤한룡
디자인   윤려하
관리·영업   이소연
홍보   고 우

펴낸곳   (주)실천문학
등록   10-1221호(1995.10.26)
주소   경기도 남양주시 퇴계원읍 퇴계원로 52 405호
전화   02-322-2161~3
팩스   02-322-2166
홈페이지   www.silcheon.com

ⓒ 김하은, 2024

춘천문화재단

이 책은 춘천문화재단의 '2024 전문예술인지원사업'으로 지원 받아 발간되었습니다.

ISBN 978-89-392-3163-4 03810

김하은 초중고 공모·백일장 수상 모음 시집

클로버라는 이름의 박애주의자

실천문학

차례

제1부

제2부

제3부

제4부

제1부

횃불

삼월의 새벽 달빛을 받으며 집을 나섰던 아들이
먹물을 뒤집어쓴 나무막대로 굳어
그의 어머니를 마주하였을 때
좁은 병원 통로는 물먹은 울음으로 가득 차
발 디딜 틈이 없었다

하얀 천 아래 누운 어린 횃불의 심장은
까맣게 그을려 움직이지 않았고
조각난 하늘 아래 거리를 뛰어다녔을 발은
옹이 같은 멍으로 얼룩져 있었다
같은 반 학우의 등에 매달려
응급실에 들어올 때만 하더라도
구멍난 호흡을 힘겹게 뱉고 있었더랬다

찢어진 플래카드로 동여맨 어깻죽지에서
혈관을 뚫고 나온 마지막 함성이 울컥,
붉은 동백꽃처럼 피어올랐다
총구를 뚜렷하게 바라보았을 눈동자

그 까만 동공에 맺힌 뜨거웠던 봄날이 식은 눈물로 흘
러내렸다

　그의 젖은 와이셔츠처럼 축 늘어져
　한참을 울다 깨다 하던 어머니는
　광장에 곧게 서서 타올랐을 아들을 떠올렸다
　대한민국에 봄이 닿기 전
　겨울을 향해 불꽃으로 맞섰던 잠든 가슴에 손을 올렸다

　젊은이의 심장이 죽어간 자리에
　하늘을 바라보며 동백꽃이 피어났다
　자유를 꿈꾸던 그의 마지막 함성이었다
　겨울을 녹이던 하나의 횃불이었다

−20230325 '마산 3.15 의거 전국 백일장' 고등부 운문 장원(대상) 수상

새

조류 도감 첫 페이지
비석처럼 나열된 목차들 사이
아버지의 이름이 새겨지고 있다

반세기가 넘도록 파닥이다가
퇴화한 지 오래인 아버지의 날개는
몇 년 전 떨어지던 철근이 어깨에 박혔을 때
마른 등에 흉터로 굳어 버렸다

공사장 계단에서 미끄러지며
시멘트 바닥으로 추락하던 굽은 등의 새
매일 날개에 스며들던 통증
마침내 병원에 둥지를 틀었다

붕대 아래에서 깃털이 자라는 것 같다며
뻐근한 팔로 허공을 젓던 아버지
몸부림보다 약한 그의 날갯짓이
허공을 주마등처럼 가른다

얼음찜질을 하다 곤히 잠든

나이 많은 새의 등에 새겨진 날개의 역사

튀어나온 척추 양옆에 남겨진 깃털 하나하나가

새가 날아온 발자국이다

하루가 넘어갈 때마다

흔적처럼 어제와의 경계에 흘린

지울 수 없는 흉터 같은 눈물 한 방울이다

-20230331 '창원 고향의 봄 전국 백일장' 전체 대상 수상

도자기*

무딘 손끝으로
진흙의 숨소리를 듣는 아버지
바람의 무게에도 주저앉는 어린 도자기를
땀 맺힌 손길로 어루만지다 금방 뭉개 버린다

태초로 돌아가기 위해
망치질 아래 부서지는 도자기
화덕을 비집고 나오는 연기가
거센 발을 피하려다 흩어지고
폭죽처럼 퍼지는 흙가루 아래
장화의 뭉툭한 콧잔등이 뿌옇다

공방에 갇힌 그림자는
저녁 해에 물들 새도 없이 등이 굽어 버렸고
열리지 않는 문 틈새엔
아버지의 뒷모습을 향한 나의 시선이
한 번도 펼쳐지지 못한 채

---

* 「도자기」와 「넥타이」, 「스키장에서」 3편 응모함.

15

구석에 쌓인 도자기 파편처럼 구겨져 있었다

물레는 아버지를 삼키고 나서야 멈추었다
반세기 동안 완벽한 자신을 빚어낸 아버지
백자처럼 아버지의 영혼은 둥글 뿐이다

늙은 지문이 나이테로 새겨진 도자기가
조각난 세월을 밟으며
터널 가마를 향해 손을 뻗고 있다

미처 그을리지 못한 심장을 꺼내며
일몰처럼 사그라드는 꿈의 불꽃을 위하여

-20230430 '전국 정지용 청소년 문학상' 운문 대상 수상

짐

지난 반세기 동안
아버지는 달팽이였다[*]

이불 속에 숨은 그의 허리에
미처 배달하지 못한 박스들이
습기 찬 통증으로 내려앉곤 했다

아버지에게는
내려놓을 수 없는 짐이 있었다
트럭에서 내리다 발을 헛디뎌
병상에 누웠을 때도
그는 낙엽처럼 쌓인 짐들을 걱정했다

택배 상자와 함께 쌓여가던 피곤
달팽이처럼 딱딱해지던 아버지의 등
그 등을 누르던 짐은
마침내 척추 사이로 스며들었다

---

[*] 1연은 단행본 출간 시 출판사 편집부에서 교정함.

늙은 달팽이는
자신의 몸에 짐을 얹은 채
반세기를 기어 왔다
세월은 나이테처럼 등에 새겨졌고
아버지의 몸은 매일 둥글어졌다

달팽이의 숨소리가
허공에 새겨지는 밤
방바닥에 누운 굽은 허리가
다시 펴지기를 기도한다

벽에 걸린 파란 조끼가
곤히 잠든 아버지를 내려다본다
그는 꿈속에서도 짐을 나르는 듯
눈물 같은 땀을 흘린다

-20230506 '영주 죽계 전국 백일장' 전체 대상 수상

18

호수에서

캔버스 위로 누운 노을
푸른 호수는 보이지 않고
붉은 물결이 하늘에 부딪힐 때마다
붓의 고개가 꺾였다
굳지 않은 어제를 휘젓다가
씻어버리고 싶은 오늘을 물에 풀며
화가는 호수에 물감을 덧바른다

이젤에 기대앉은
출렁이지 않는 수면 위에
둥둥 떠가는 한 사람이 있다
허리 굽은 물감 튜브가
마지막 물살을 쏟아내자
그제야 호수는 흐르기 시작한다
발이 덮이는 줄도 모르고
화가는 풍경 속에 자신을 겹겹이 쌓아 놓는다
바람과 붓이 맞물리는 소리에
그림 속에서 고개를 드는 해

고흐의 귀 잘린 오후가

화가의 등 뒤에서

노을로 물들어 간다

−20230515 '시민신문사 전국 호수예술제 공모전' 우수상 수상

액자 속 바다[*]

푸름 소아과 로비에는
액자에 담긴 바다가 벽에 걸려 있습니다

푸른 조명이 기포 사이로 스며들자
바라보던 아이의 눈동자에도 파도가 일었습니다
어항의 옆구리에 반사된 시계 소리가 귀를 간지럽힙니다
텔레비전만 한 액자는 바다를 가득 물고
조용히 기계음을 울리고 있습니다

작지만 부족한 것 없는 바다
물고기들의 이마에 부딪힌 시선이
해초 사이로 잠기고 있습니다
아가미가 물방울 같은 인사를 던집니다
뚝뚝 끊기는 발음이 기포로 올라올 때마다
아이는 배운 단어들을 되새겨 봅니다
알약처럼 쌓인 조약돌 사이로

---

* 「액자 속 바다」 외 「정리해고」와 「후추」 3편 응모함. 『액자 속 바다』란 제
목으로 출간돼 현재 판매 중이다.

물때 낀 그림자가 내려앉습니다

카운터의 간호사가 익숙한 이름을 부릅니다
어느새 병원 로비는 바다처럼 몰려오는 저녁에 삼켜지고
기운 몸을 일으키는 어머니의 목 뒤로
피곤한 눈동자를 닮은 해가 가라앉고 있습니다
그녀의 아가미가 뱉는 숨이
수면 위로 미끄러지듯 올라갑니다

아이는 물고기의 언어로
어머니에게 바다를 속삭입니다
물에 잠겨 헤엄치는 팔다리에
조그만 지느러미가 돋아날 것 같습니다

-20230515 '문학사랑협의회 한국 청소년 문학상' 운문 대상 수상

22

파도

지워지지 않는 파랑이 있다
곤히 잠든 아버지의 숨소리는
방 안의 적막을 채우며 너울지고
하늘과 맞닿은 푸른 일터는
어부들의 발자국을 삼키며 몸집을 키운다

파도는 요동치며 계곡을 만든다
아버지가 건너간 수면의 굴곡 위로
선박의 그림자가 푸른 물때처럼 흔들린다

어제의 물결이 어른거리는 아버지의 손
그의 손바닥에 새겨진 그물 무늬의 손금
오늘도 그는 꿈의 거품을 건지려 허우적댄다

수심은 깊어져만 가고
삶의 방파제는 부서지고 있는데
초승달은 언제 뜨려나
아버지의 근심은 밀물로 밀려든다

좁은 방은 검은 파도로 가득 찬다

나는 파도 속에서 숨 쉬는 법을 배운다
밤마다 귀밑이 욱신거리는 까닭은
분명 지느러미가 돋아나기 때문이리

지그시 감은 주름진 눈가에
소금기 머금은 물방울이 흐른다
달빛 조각나는 밤,
아버지의 가슴이 위아래로 요동치는 까닭은
그의 심장을 삼킨 파도가
수평선을 향해 철썩이기 때문이다

지울 수 없는 파랑이 있다
거친 물결에 상처 난 늙은 어부의 얼굴에서
한참을 일렁이는 물의 그림자가 있다

−20230515 '대구 상화 전국 백일장' 차상 수상

북소리[*]

보청기를 낀 귓바퀴를 따라
햇살이 흘러내리고 있다
물에 잠긴 것처럼 먹먹한 오후,
아버지는 그의 가느다란 숨을 더듬다가
곤히 잠에 들었다
아버지의 달팽이관은
오십 년 동안 쌓인 소음에 지쳐
마침내 북소리를 토해 내었다
걷어 내지 못한 하루가
거미줄처럼 그의 고막에 감겨 버렸다

세상이 늙은 북의 심장을 두들기면
그 맥박을 붙잡고 살아온 우리 가족
아버지의 텅 빈 몸통 속에는
얼마나 오랫동안 북소리가 고여 있던 걸까

새어 나오는 이명을

---

[*] 「북소리」와 「문득, 상처라 부를 수 있는」 2편 응모함.

찬물로 대충 씻어내다가
두 귀를 부여잡고
아, 아, 물기 묻은 북소리를 뱉어내던
아버지의 구멍난 나날들
알약 몇 개로 굳어
물컵 옆을 굴러다니고 있다

주름 가득한 북의 귀는
음의 높낮이를 잊어 가고
부항 자국으로 가득한 어깨가
가만히 호흡을 고른다

허공을 누르며 가라앉는 아버지의 북소리,
그 무거운 상처를 따라가다 보면
그의 낡은 심장으로부터 피어나는
나를 발견하곤 했다

-20230531 '다형 김현승 전국 학생 문예작품 공모' 우수상 수상

대전의 별, 신채호

별처럼 빛나는 눈동자의 청년이
가슴에 독립 선언서를 새겼다
글자의 한 획을 그을 때마다
붓끝에서 영혼이 살아나고
행간 사이로 그가 흘린 별빛이 스며들었다

철새의 울음소리가 지평선 너머로 흘러가는 밤
초가지붕 아래서 독립을 위한 열기가 피어났다
만세의 함성이 수면 위로 새어 나오고 있었다

젊은 별의 주머니에서 태어나
조국의 날개로 돋아난 태극기
우주를 메운 은하수처럼 촘촘하여
거리는 발 디딜 틈이 없었을 것이다

눈먼 이들의 총구는 까만 눈꺼풀을 깜박였다
뿌연 눈동자는 별을 바라보지 못했고
그의 등 뒤로 펼쳐진 은하수를 읽지 못했다

태양 아래, 혈서처럼 붉은 별의 심장은
하늘을 향해 두근거렸다
그는 자신의 이름을 손에 쥐었다
귓가를 때리는 파도에도 별빛은 흔들리지 않았다

봄비에 물들어 가는 느티나무
그 투명한 그림자에 발자국 하나 찍어 본다
꽃이 바람을 삼키는 사이
영웅의 지문은 푸른 잎새로 살아난다

초가지붕 위로
둥근 별의 함성이 혜성처럼 떨어진다
별의 심장 박동에 산맥이 흔들린다
나는 그가 울다 간 땅 위에 서서
역사의 푸른 별빛을 가만히 되새기는 중이다

–20230531 '한밭 전국 백일장' 장려상 수상

임란의사 추모탑

고개 숙인 나무들 사이
그들의 영혼은 돌탑으로 솟는다
일렁이는 별빛에 물들며 석탑은 펜촉을 세우고
은하수 가운데 천년의 역사를 새기는 중이다

혈서에 적힌 의지는 단단하게 굳어가고
눈물의 단면은 칼날처럼 날카롭다
안식의 밤은 언제 찾아올까
활시위를 벗어난 화살처럼
시간은 말발굽 소리를 내며 달려갈 뿐이다

조국의 강산을 지킨 자 누구인가
반도의 미래를 세운 자 누구인가
재단에 올려진 낙엽 한 장
그들의 쓰린 상처 어루만져 준다

단심으로 흘린 피는 구름 사이로 스며들어
하늘은 그날의 함성을 잊지 못한다

천 년의 역사는 비석에서 번져 나와
금방이라도 파도와 섞여 몰아칠 것 같다

수평선 너머 영웅의 눈동자가 떠오르고
풍경을 삼키던 운무는 지워진다
바람으로 불어오는 백의의 발자욱들
문득, 가슴 한편에 하얀 숨결이 번지는 것을 느낀다

심장에서 돋아나는 울음을 작게 토해 본다
허공을 갈랐을 민중의 푸른 눈빛
횃불 들고 휘둘렀을 영원한 기상
태양 아래, 우리의 오늘을 빛낸 자 누구인가

-20230604 '경주 임란의사 추모 전국 백일장' 대상 수상

대가야에서

대가야의 심장에 발을 딛는다
철기의 단면처럼 잘 다듬어진 하늘 아래
삼국를 넘어 가야가 있었으니
나는 고령의 길을 걸으며
오백 년 역사의 숨소리를 듣는다

바람으로 불어오는 가야금 소리
왕을 울렸던 고유한 선율이
내 귓가를 고향 삼아 흐르고 있다
발자국을 남긴 것들은 모두 유적으로 부르듯
이 길을 걷는 저 그림자들은 모두
대가야의 후손, 고령의 핏줄
혈관으로 묶인 인연은 얼마나 단단한가

금관의 가지에 얽히는 시선들
조형된 장인의 삶은 금빛으로 빛나고
쉼표처럼 장식된 옥색 구슬이 전하고 있다
대가야의 정신은 푸르게 살아있으므로

그대들 가슴 속에는 청색 영혼이 흐르고 있어
물결 문양 비늘 가진 낙동강 청룡처럼
세계를 향하여 뻗어 나가라고

활시위를 벗어난 시간은
허공에 고분의 곡선을 긋는다
화살로 세월을 가른 이들의 초록빛 안식처
햇살 머금은 구름이 잠시 기대다 흩어질 뿐
어느 누가 위인의 이름에 걸터앉을 수 있을까
잠든 영웅들의 먼발치에서
이름 모를 산새가 적막의 노래를 부르는데,

지상에 뿌리내린 반파국의 향기를 맡는다
토기처럼 솟은 봉분 곁에 피어난 풀꽃은
떠나간 이들을 위한 만장인가
눈감은 이들을 위한 비석인가
무덤 속에 새겨진 역사는 업적으로 번역된다

반도의 무릎에 발을 딛는다

건국 신화 흙 방울처럼 잘 달구어진 태양 아래

사국의 가운데 가야가 있었으니

나는 고령의 중심에 멈춰 서서

천 오백 년 전 역사의 숨소리를 듣는다

고령의 심장 박동을 듣는다

−20230615 '이조년 선생 추모 전국 백일장 공모전' 차상 수상

클로버라는 이름의 박애주의자[*]

고양이는 갈비뼈를 드러내며 굳어간다
붉은 웅덩이로 고인 숨소리가 바퀴에 밟혀 흩어지고 있
다

아스팔트 위로 바람의 추모 행렬이 이어진다
작은 실눈에 걸린 세상은 무슨 모양일까
나도 모르게 살금살금 걷는다
손톱으로 허공을 할퀴어 본다

주머니에서 오래된 클로버를 꺼낸다
잎이 몇 개였는지 모르겠다
줄기만 남은 클로버도 클로버라고 할 수 있을까
나는 나에게 불을 붙이는 상상을 한다

나는 오늘 카르마를 배웠다 녹턴을 쳤다
블로그에 짧은 고백을 썼다

---

[*] 대산 청소년 문학상 작품집인 『베개 위의 수목원』이란 단행본에 실린 시
임.

해열제를 먹었다
인터뷰 한 적 없는 얼굴이 잡지에 실렸다
들판에 누워 있는 열아홉을 보았다

버려진 꽃다발처럼 누워 있는 고양이
그 가느다란 동공에 담긴 마지막이 나의 실루엣이었더
라면
도로에 발을 딛는 순간은 없었겠지

나의 등 뒤에는 항상 클로버가 무더기로 피어 있었고
외면하면서도 그림자는 그곳에 두고 왔다
도망치다가 초록으로 뭉개지는 꿈을 꾸기도 했다
멈춘 입김을 되삼키는 건 기분 나쁜 일이었다

시체가 느끼는 감정에 대하여 시를 지어야 한다
시체는 클로버, 감정은 안단테로 한다
이마가 자꾸 열기를 뱉는다

기억을 걸러내는 방법을 아는 사람은 서둘러 나에게 편지를 써 주길 바랍니다

그리운 클로버의 유언이다

−20230707 '교보 대산 청소년 문학상' 예선 응모작

비둘기

허공을 떠돌다 지상에 불시착한 그들은
기차역 앞 광장에 모여 불안한 미래에 대해 고민한다

하나의 숫자로 이루어진 그들의 언어는
경적 소리에 묻혀 잘 들리지 않는다

이명을 걸러내지 못하는 녹슨 달팽이관
어느새 소음이 되어버린 하루는
길가에 웅덩이처럼 고여 있고

언젠가 떨어뜨렸을 발자국을 찾으려
바닥만 보고 다니는 꺾인 고개들

흔적처럼 깃털이 흩날린다

두드리면 두드릴수록 텅 빈 세상
비상하는 거친 발걸음 주위엔 아무것도 없다

매연에 뒤덮여 바닥을 쪼는 구부러진 삶

그들은 저녁노을을 뒤집어 쓴 채

몽당연필처럼 닳은 부리로

텅 빈 행성의 껍데기를 조각하고 있다

−20230707 '교보 대산 청소년 문학상' 예선 응모작

동물원 탈출 챌린지[*]

보름달이 뜨는 밤 모인 우리는
동물원 탈출 원칙 세 가지를 외웠다

다신 돌아오지 않을 것
최선을 다해 세상을 구경할 것
진짜 꿈을 찾을 것

날아오는 돌에 맞아도 표정 없는
눈요기 짐승을 벗어나
울타리 너머에 발걸음을 새기겠다는 다짐

교차하는 네 개의 다리 사이로 달빛이 부서지고
가장 먼저 앞선 호랑이의 그림자가 이정표처럼 구부러
졌다

여기에 계속 머물다가는

---

[*] 「클로버라는 이름의 박애주의자」와 「비둘기」, 「태풍의 눈」, 「진영수산」,
「바늘」 등 총 5편이 예선 공모에 통과했고, 예선 통과자만 실시한 본 캠프
백일장에서 직접 쓴 시임.

얼룩이 다 지워져 버릴 것 같아

사육된 계절은 시들어갈 뿐이고
유리창 너머를 바라보는 하루가 우리의 유일한 반항이
었다

우리는 도시를 빛나는 절벽이라고 불렀다
절벽 아래 우거진 회색 밀림에서
코끼리가 귀를 펄럭이며 버스를 가로막자
도시의 공기와 맞닿은 함성이 밤하늘로 날아올랐다

먼지 쌓인 질서는 지키지 않았다
신호등보다 키가 큰 기린은 보름달의 신호를 따랐고
하마가 바람을 뭉개며 앞서 달려가자
눈보라처럼 쏟아지는 네온을 밟으며 펭귄 무리가 뒤를
따랐다

날갯짓하는 플라밍고의 실루엣을 따라 돋아나는 플래시

우리가 만들어낸 별자리의 이름은 해방이었다

언제 마취총이 갈비뼈를 겨눌지는 모르지만
온몸에 스며드는 불안을 견디는 것도
이 도시에서 배우는 생존 방법이자
우리가 만들어낸 네 번째 생존 원칙

내일이면 기사 헤드라인에 우리의 가짜 이름이 새겨지
겠지

이제 다섯 번째 탈출 원칙을 세울 차례

울타리 속 너희 곁에
우리의 소식이 들꽃으로 피어났으면 좋겠다

그럼 이제 손에 쥔 꿈을 마주하고
도시 밖의 푸른 밀림을 향해
심장이 터지도록 달려야 한다

우리의 탈출 이야기가 널리 상영될 때까지

-20230802 '교보 대산 청소년 문학상 캠프 백일장' 동상 수상

오늘

청년의 눈동자에 스며드는 여름밤
가판대 사이사이 진열된 졸음들이
오늘도 재고로 남아 쌓여가는 중이다

손님이 없을 때면 문제집 펼쳐 놓고
창가에 번져오는 달빛을 말벗 삼아
내일을 외우곤 했다 흔들리는 그림자

상품을 집어 들어 바코드 찍을 때면
청년의 이마에는 오늘이 새겨졌다
청춘의 최저 시급은 얼마부터 시작일까

발걸음 끊어지고 골목도 잠드는 밤
졸린 눈 비비면서 끄적이는 오늘의 꿈
오늘도 편의점 속 청년은 새벽별로 빛난다

-20230715 '중앙일보 전국 중앙학생 시조 백일장' 대상(교육부장관상) 수상

기억 속 방랑자

기억 속에서의 방랑을 진단받은
푸름 요양원 207호 환자들
매일 파도로 번져오는 세월 속에서
떠내려가는 시간을 낚아 올린다

망각의 바다로 출렁이는 병실
침대 곁에 놓인 액자는 누구의 발자취인지
옷깃을 붙잡는 오늘을 잊어버린 채
수평선을 향해 노를 젓는 환자들
주름진 이마에 맺히는 햇살도
그들의 방랑을 막을 수 없다

가족들의 목소리를 미끼 삼아
조각난 추억을 건져 올릴 때면
긴 방랑에도 끝이 있다고 생각했다
알약으로 굳어 떨어지는 눈물을 물에 타서 마신다
혈관을 타고 흐르는 기억이 진해지길 바라며
방랑자들의 숨결이 첨벙이고 있다

주머니 속을 가득 채운 모래는

어디서 부서진 것일까

해변에 걸터앉은 환자들의 어깨에

쌓여가는 물새 울음소리

낚싯대를 지팡이처럼 잡고

일렁이는 수면을 두드리다 보면

품속에 감춰 둔 이름들을 빠뜨리기도 했다

기억 속에서 방랑하는 이들의 굽은 등에서

금방이라도 지느러미가 돋아날 것 같다

얼굴을 적시는 풍랑에 눈이 감길지라도

허리 숙여 기억을 건져내는 사람들

허공에 끄적인 지도는 잊은 지 오래

그들의 방랑은 계속되고 있다

-20230721 '전국 꿈이 있는 문예마당 공모전' 대상(교육부 장관상) 수상

그늘의 무덤

유품 정리사들의 검정 장화가
고지서처럼 쌓인 그늘을 밟으며
굳게 닫힌 현관문 앞에 멈춰 선다
그들은 태양의 입김이 닿지 않아
그늘이 돋아난 반지하 셋방으로 들어간다

모여 앉아 수근대던 그림자들의 말처럼
방 안은 그늘이 무성하게 자라 있었다
비석처럼 세워진 술병 사이
거미줄로 엉킨 외로움을 걷어 낸다
슬퍼하는 이 없이 부서져 버린 청춘이
소각 봉투 밑으로 가라앉았다

낡은 매트리스 위에 얼룩진 채
사람을 그리워한다는 것
초인종 앞까지 다가온 발걸음이
금세 떠나버렸을 때
악수의 흉내를 냈던 것인지

허공에 검붉은 멍이 들어 있었다

입에서 입으로 전해지던 이름이
모두에게서 잊혀지던 날
심장을 삼켜오는 그늘에게서 벗어나고 싶었던 것일까
라디오를 틀어놓은 채 잠들었지만
곰팡이처럼 번져오는 죽음을 따돌리지 못했다

그늘의 무덤에서 걸어나온 유품 정리사들
그들의 표정을 읽을 수 있는 사람은 없다
고독을 양분 삼아 그늘이 뿌리내린 곳
분주한 발걸음 소리가 희미해질 때 쯤
추모하려는 것일까
반쯤 열린 현관문 틈새로
실바람 한 줄기가 기웃거리고 있다

-20230809 '만해축전 전국고교생 백일장' 시 부분 대상(문화체육부 장관상) 수상

겨울나무[*]

보도블록 틈에 뿌리내린 저 사내
바쁘게 오가는 그림자를 밟으며
전단지를 나누어 주는 중이다
사내의 앙상한 손가락 사이로
할퀴듯 칼바람이 지나갈 때
그가 내미는 전단지들은
얼마 못 가 낙엽으로 떨어진다

길 위로 얼룩처럼 쌓여가는 손길은
누군가에겐 귀찮은 걸림돌일 뿐이다
해를 보지 못한 겨울나무가 되어
사내의 손은 갈퀴처럼 허공을 긁는다

단속 호루라기에 흔들리는 초저녁
급히 발걸음을 돌리는 사내는
아직 젊은 자신에게 안도한다
온몸에 나이테가 새겨질지라도

---

* 「겨울나무」와 「꿈이 뿌리내리기까지」, 「바늘」 3편 응모함.

언젠가는 도시를 떠나
푸른 들판에 뿌리를 내리고 싶다는 꿈을 꾼다

남은 전단지들은 한숨과 함께
패딩 주머니에 구겨 넣는다
하루 종일 건넸던 낙엽들을 밟으며
오늘은 꼭 사장에게
밀린 월급을 받아 내겠다는 다짐을 했다
돌아가는 나무의 마른 어깨 위로
먼지처럼 눈이 쌓인다
하얗게 흩어지는 겨울밤이
나무의 흔적을 지워가고 있다

-20230811 '전국농어촌청소년 문예제전' 최우수상 수상

꿈이 뿌리내리기까지

사내는 태양을 등진 채 모종을 심는다
굽은 등 위로 쌓이는 한여름 햇빛
마른 흙이 호미질 한 번에 부서지고
빗방울 대신 떨어지는 땀방울
하루의 무게에 짓눌린 사내는
길게 늘어진 그림자와 함께 집으로 돌아간다

타국의 태양은 여린 이파리 같은
사내의 손등을 그을린다
해마다 빈집이 늘어가는 마을에서
그림자 내려놓은 지 삼 년
그리운 고향의 공기는
가족들의 편지에 활자로 새겨져 있다

펼쳐진 한국어 책 사이에는
아직 꽃 피우지 못한 사내의 꿈이 적혀 있다
푸른 그의 눈동자가
낯선 문장들을 읽어내며

어눌한 발음으로 꿈을 끄적인다

흙 향기 묻어나는 저녁
새싹이 자라듯 사내는 허리를 세우고
다가오는 내일의 발걸음을 듣는다
펼쳐진 노을 아래 숨 쉬는 이파리들
사내의 손에 쥐어진 꿈은
하늘 아래 뿌리 내릴 준비를 하고 있다

-20230811 '전국농어촌청소년 문예제전' 최우수상 수상

소금

일 마친 아버지의 진회색 작업복이
태양에 그을린 염전처럼 누워 있다
그 위에 소금꽃으로 자라나는 고단함

요란한 공사장에 몸 담은 아버지는
한여름 햇빛 보며 매일을 말라 갔다
둥그런 이마를 따라 땀방울이 흐른다

곤히 잠든 아버지의 숨소리 한 줌이
바닷물 조각내어 만들어진 소금처럼
내 심장 한구석으로 따끔하게 스민다

-20230811 '백수 정완영 전국 학생 시조 공모전' 장원 수상

여름 식탁

아빠의 허리가
익어가는 벼처럼 구부러지는 여름날
잡초를 뽑는 주름진 얼굴이
땀방울에 잠기는 정오가 되면
아빠는 논바닥에 뿌리내렸던 몸을 이끌고
나무 밑 잔디밭으로 걸어간다

허공에 그림자를 걸어 놓고
잔디밭을 식탁 삼아 새참을 먹는 아빠
푸른 식탁은 지평선까지 펼쳐져 있어
그릇과 함께 고단한 하루도 올려 놓는다
하늘의 발자국을 반찬 삼아
숟가락을 들어 올리는 아빠

사람들의 식탁을 채워주는
농부의 땀방울은
잔디밭 위에서 식어 간다
아빠가 굽은 허리를 펼 수 있는 곳

나무에 기댄 채

하늘과 맞닿은 여름 식탁을 볼 때면

심장에 바람결이 스며드는 것 같다고 하셨다

해가 서쪽으로 기울면

아빠는 밀짚모자를 집어 들고

논밭으로 향한다

풀잎처럼 길어지는 농부의 뒷모습

불어오는 바람에 물결지는 여름 식탁 위로

하늘이 햇살 한 그릇을 내려놓고 있다

−20230908 '봉평 이효석 전국 백일장' 대상(문화체육부 장관상) 수상

가을

노란 형광 조끼를 걸친 아빠의 빗자루가
길가를 쓸고 있는 가을날
쓰레받기로 밀려 들어가는 낙엽 사이에
아빠의 계절이 숨어 있다

담배꽁초의 붉은 숨을 밟는 아빠의 발치에
쓰레기를 던져 놓는 행인들
아빠는 도토리 줍는 다람쥐가 되어
쓰레기를 하나 하나 주워 담는다

무단투기 금지 표지판 아래
한가득 쌓여 있는 종량제 봉투
그 옆구리에서 새어 나온 악취가
그림자처럼 따라붙는 날이면
버스를 타지 못해 퇴근길이 길어지곤 했다

가을이 다가온 것도 잊은 채
종일 비질을 하는 아빠

눈물처럼 떨어지는 땀방울이
단풍에 물든 듯 붉은 얼굴을 식혀주고 있다
거리의 가장자리를 청소하는 아빠의 계절
굽은 허리 위에 쌓인 낙엽은
누가 쓸어줄 수 있을까

오늘도 아빠는 빗자루를 집어 든다
목장갑 속 지문은 닳은 지 오래
주름진 이마 위로 하얀 안전모가 얹히고
굳은살 박힌 발이 장화 속으로 들어간다
빗자루 끝에서 흩어지는 바람
계절을 등에 업은 아버지의 발걸음이
거리 위에 뿌리 내리는 가을날이다

-20230909 '전국 황순원 문학제 백일장' 가작 수상

별자리

지구가 고개를 돌리면
노량진 재수학원 빌딩에는 별자리가 돋아난다
창틈으로 새어 나오는 별들의 실루엣
커피로도 지워지지 않는 졸음을 입에 문 우리는
열아홉의 궤도에서 벗어나지 못한 채로
책상 위에 얹혀져 공전하는 중이다

벗지 못한 교복처럼 익숙한 다크서클
충혈된 눈동자 속 블랙홀은 활자들을 삼키고
우리는 생활 계획표에 남은 수명을 새긴다
이러다가 새벽별로 굳어버리는 건 아닐까
붉은 유성우가 문제집을 적셔도 펜을 놓지 않는다
별의 눈물이 스며든 페이지가 유난히 무거운 밤이다

형광등 불빛이 허리에 쌓이면
옥상에 올라가는 우리
한숨에 그을린 호흡이 공중에서 휘어진다
우리는 난간에 그림자를 걸쳐 놓고

곁눈질로 서로의 등급을 계산한다
나는 저번 계절보다 별빛이 약해진 아이
아무리 문제를 풀어도 진해지지 않는 별빛을
그림자처럼 매달고
계단 위에서 웅크리는 것은 익숙해진 일이다

여기는 죽어가는 별들의 은하
우리는 별자리로 엉켜서 밤마다 학원가를 빛낸다
교실 탈출의 꿈을 꾸며 떨어뜨린 혜성을 줍고
눈을 비비며 새 문제집을 펼친다
우리가 흘리는 눈물은 신화가 되어
학원 게시판에 걸릴 것이다
노량진 재수학원 빌딩에서는
오늘도 초신성의 폭발이 일어난다

-20230915 '신동문 전국 청소년 문학상' 동상 수상

낙타

공사장 안전제일 현수막을 흔드는 모래 폭풍
벽돌을 짊어진 사내가 계단을 오른다
긴 속눈썹 위로 먼지가 쌓이고
사막을 건너는 낙타가 된 사내
발굽 같은 작업화를 내밀며
걸어가야 할 길의 끝을 가늠한다

대륙을 건너 먼 타국에 도착한 지 오 년
낙타의 울음소리보다 어눌한 사내의 한국어
사막을 떠나왔지만 가는 곳마다 사막이었다
버석이는 발자국이 입안을 굴러다녀도
오아시스를 꿈꾸며 살아왔다

사내의 굴곡진 허리에는 하루가 저축되어 있다
모서리가 없는 사막 언덕처럼
시간의 모양으로 구부러진 척추
등을 펼 새도 없이 일교차를 견뎌 왔다
사내의 횡단은 언제 끝나는 걸까

그의 등에 얹힌 모래 언덕은
언제 부서지는 것일까

둥근 이마를 타고 뭉쳐지는 땀방울
모래폭풍에 휘말려도
긴 목을 빼 들고 도시의 지평선을 바라본다
회색 사막 어딘가 고여 있을 오아시스를 상상하며
낙타의 발굽 소리가 공사장을 울리고 있다

-20231012 '김유정 전국 백일장' 최우수상 수상

가을

나무 벤치에 걸쳐 놓은 그림자에서 물비린내가 난다
목적지를 아는 사람들의 발걸음은 바람에도 일렁이지
않았고
산책로를 오가는 실루엣들 사이로 물에 잠긴 내가 있다
구겨버린 시험지가 가방 속에서 웅성대는 하루
공중을 흐르는 바람 줄기가 피부에 스며들고
나는 낙엽처럼 부스럭대는 한숨을 입 밖으로 꺼내 놓았다

산책로 모퉁이마다 나무처럼 서 있는 계절을 볼 때면
다가올 내일의 무게가 어깨를 짓누르는 것 같았다
숙인 목고개 위로 쌓여가는 하늘의 눈길
발밑에 고인 웅덩이의 투명한 몸속에서
호흡하는 내 등 뒤에 하늘이 있다
공원의 풍경을 입에 문 웅덩이의 피부결을 따라
눈 감은 얼굴이 동그랗게 흩어졌다

웅덩이 위로 바람이 스쳐가고 새가 앉고 낙엽이 떨어진다
자화상은 가라앉을 듯 가라앉지 않고

몇 번씩 흔들리며 둥근 모서리가 접힌다
파문을 견디며 둥글게 고여가는 중인 것일까
일렁이다가도 금세 처음으로 돌아간다
물결이 구겨진 하루를 훑으며 지나가고
수면 위로 몸 속의 낙엽을 비워낸 내가 떠오른다
파문을 견디는 방법을 배운 눈동자가
그 어느 날보다 동그랗게 보인다

햇살에 말려진 그림자를 집어 든다
계절과 계절 사이에서 내뱉는 숨에서는 가을 냄새가 난다
산책로를 오가는 무리 사이로 발자국을 내려놓았다
구겨지지 않기 위해 바람에 몸을 맡긴다는 것
홀가분한 고개를 들고 이정표를 바라보았다
길 위를 달리는 발걸음이 더 이상 일렁이지 않았다

-20231028 '구상 한강 전국 백일장' 가작 수상

슬픈 이야기[*]

시들어가는 매미 울음소리가 창틀을 넘어
교실에 갇힌 우리를 향해 날아온다
수업을 듣는 귓바퀴에 앉아
가을은 태풍처럼 교실을 휩쓸 거라고 속삭인다

몸 속에 담아 둔 한숨을 책상 위에 뱉는 하루
아직 번데기가 필요한 나는 담요를 두른 채 웅크린다
우리는 서로의 멍을 들여다보며 상처의 깊이를 계산하고
누가 더 오랫동안 우는지 시합을 한다
눈물을 떨어뜨리지 못하는 텅 빈 몸으로

날아가기 위해 앉아 있는 우리는
추락하는 고개를 다시 들어 올린다
나무껍질을 갉아먹듯 문제집에 얼굴을 들이밀고
창백한 행간에 밑줄을 치며 졸업을 꿈꾼다
울음이 소음으로 들리지 않기를 기도하는 나날들

---

* 「슬픈 이야기」와 「조개의 흔적」 2편 응모함.

허물같은 교복 아래 시들어가는 날개 한 쌍

오래된 메아리로 검게 얼룩진 교실

고막을 접어버린 우리는 여섯 개의 손을 가진 것처럼
문제를 푼다

땅 속에 스며드는 열아홉 번째 여름

온몸을 누르며 다가오는 가을

목덜미를 스치는 바람에 척추가 뒤틀린다

내뱉는 신음이 창틀을 넘어 하늘을 향해 날아가고 있다

죽은 날개를 매단 어깻죽지가 저려도

우리는 펜을 놓지 않는다

-20231031 '김유정 기억하기 전국 공모전' 최우수상 수상

꿈길

어깻죽지에 서리가 돋는 가을 아침
고시원 303호 청년의 하루가 시작된다
작년에 부러졌던 날개가 아물기도 전에
그는 또다시 철새가 되어
시험장으로 날아갈 준비를 한다

다 쓴 볼펜으로 만든 둥지 속에서
날갯짓하듯 문제집을 펄럭이는 청년
동력 잃은 꿈을 믹스커피에 타 마시며
빠진 깃털을 주워 담듯 머리에 활자들을 욱여넣는다
달력을 뜯으며 가늠하는 길
문제집 어디에도 지도는 그려져 있지 않았다

청년의 길은 나이테처럼 둥글다
올해는 철새의 궤도에서 벗어날 수 있을까
정답을 찾기 위해 배회하던 날들을 움켜쥔 채
청년은 다시 꿈을 끄적거렸다
하늘에 까만 별자리로 날아가는 꿈

시린 어깨에서 새 날개가 돋아나면

청년은 온몸을 감싼 서리를 녹이며

마지막 도약을 할 것이다

젊은 얼굴이 계절을 벗었다

철새 한 마리가

궤도 너머의 길을 향해 날개를 펼쳐 올렸다

-20231110 '관동별곡 송강 전국 고교생 문학대전' 우수상 수상

오솔길

나는 오솔길을 걸을 때마다
맞은 편에서 다가오는 엄마의 그림자를 본다
길을 다 덮을 듯 커다랗고 축축한 내력이다

할머니의 산소에 가기 위해
걸어가야 했던 오솔길
방금 태어난 길은 좁고 무성해서
엄마는 발 디딜 곳을 찾아 헤맸다고 한다
부서지는 낙엽에 눈물을 묻어 놓고
바람을 붙잡은 채 길을 걷던 날들
허전한 가장자리를 채운 나무의 어깨에 기대
할머니와의 추억을 허공에 새기던 엄마
노을에 물든 얼굴을 한 채
집에 돌아오곤 했다

엄마가 할머니의 곁으로 떠난 지 삼 년
이제 내가 오솔길을 걸을 차례다

그리움은 옷깃을 푸르게 물들이고
나는 엄마의 지문이 새겨진 바람을 붙잡고 걷는다

탯줄처럼
심장과 심장을 잇는 오솔길을 걸을 때면
나는 반대편에서 다가오는
또 다른 나를 마주하곤 했다

-20231130 '충효예 실천 세계 글짓기 대회' 입선 수상

검은 새

길 위에 새 한 마리가
구겨진 날개를 펼치려
애를 쓰고 있다

깃털 없는 몸을 흔들며
날아드는 파리 떼를 쫓는다

사람들에게 밟힐까
바람을 붙잡고
온 힘을 다해 도망 다닌다

새가 지나간 자리마다 남은 발자국이
여름 햇살에 녹아 끈적이고 있다

버려진 새들의 울음소리가
보도 블럭 사이 사이에 박히고

오가는 사람들이

아지랑이를 헤치면서

바스락거리는 울음소리를

밟으며 지나가고 있다

-20220810 '충주 전국 청소년 문학 전국대회' 차상 수상

자작나무

하얗게 불타는 숲에서 길을 잃은 그는
상처에 돋아난 눈동자들이
바라보고 있는 곳을 향해 걸었다
거친 팔꿈치에 얼굴이 눌린 하늘이 손을 뻗어
가느다란 손가락이 이마를 스칠 때마다
시야가 파랗게 물들어갔다

때로는 나무의 손을 잡고 걸었다
나무의 다리가 공중에 뜰 때마다
햇살이 흔들리며 파도가 쳤다
그는 부서지는 발걸음을 주머니에 구겨 넣었다

손이 하얗게 타들어 갔다
바람에 긁힌 상처마다 돋아난 눈들이
깜빡이고 있었다
길어지는 그림자는 자꾸만 옷깃을 붙잡았다
그는 계절의 허리에 걸터 앉아
길었던 겨울을 더듬었다

하늘을 건너가는 새들의 훼방에도

겨울은 끝이 보이지 않았다

-20220813 '제 11회 님의 침묵 전국 백일장' 장려상 수상

장마

하늘이 활시위를 당겼다
지나가는 사람들 모두가 과녁이지만
10점의 크기가 각자 다르다
뭉툭한 화살촉이 얼굴에 닿자
서둘러 남은 하루를 헐값에 팔아 버린다
녹이 슬어 있는 찌푸린 얼굴들
활시위가 느슨해질 때마다
우산 쓴 사람들이 대신 당겼다

휩쓸리는 오늘을 건지려
발버둥 치던 이도
쓸려가는 내일을 잡으려
손을 뻗던 이도
온 몸에 화살이 박힌 채 고개를 들었다
가끔 서로에게 박힌 화살을 뽑을 때마다
뼈가 딸려 나왔지만
아무도 내색하지 않았다
아픔은 어제에 대한 변명이 되지 않았다

나는 구멍 난 방 안에 앉아
구겨진 라디오 주파수를 집어 들었다
세상은 불행한 서사들을 나열했고
담벼락 뒤에 선 누군가는
마음에 드는 사연 하나를 골라
주머니에 쑤셔 넣었다

거리에 나온 사람들의 허리춤엔
어느새 지느러미가 돋아나 있었다
화살이 스쳐 간 상처마다
아가미가 끔뻑거렸다
어설프게 일어선 도시는
첨벙거리며 새벽을 건너갔다

조금 허전했지만
세상은 다시 굴러갔다

-20220829 '난설헌 전국 백일장' 대상 수상

거미

가을이 오자
그는 방에 거미줄을 쳤다
단풍잎이 스쳐 가거나
가끔 허리 굽은 잔소리가
부딪히곤 했다

거미줄 여기저기 걸린
낙엽 같은 어제를 걷어낼 때마다
방이 휘청였다
흔들리는 보금자리에서
아무 줄이나 붙잡은 채
번데기처럼 잠들기도 했다

그가 머물던 자리마다
그림자가 녹아 끈적였다
방구석에 쌓인 허물들을 보며
마침내
자신이 나비였을 지도 모른다고 생각했다

작은 동굴 속에서

날개 없는 벌레가 파닥였다

-20221008 '홍천문인협회 전국 청소년 종합 예술제' 대상 수상

회룡포에서*

둥글게 마음을 감싸 안은

예천의 척추뼈 사이로

모래알이 굴러가고 있다

산의 푸른 입김이 물결에 번진다

여름 열기에 녹아버린 하늘이

윤슬로 부서져 내리고 있다

가느다란 다리의 그늘 밑에서

잠시 쉬어가는 햇살이

지나가는 사람들의 발복을 휘감고

전망대에서 날아오는 메아리가

귓가를 맴도는 사이

어느새

입구를 지키는 바위의 웃음 소리가 들린다

모래톱 사이로 피어오르는

아지랑이를 밟고

논두렁을 가르는 바람을 느끼면

일렁이는 척추뼈, 그 마디마다

---

* 「회룡포에서」와 「반딧불이」, 「내성천은 달린다」 3편 응모함.

매일 새로운 해를 맞이했을 회룡포의 기지개가

촘촘히 새겨져 있다

-20221009 '예천 내성천 문예 현상 전국 공모전' 우수상 수상

반딧불이

막걸리 내음에 취해버린
반딧불이 한 마리
비틀대며 날다
내성천 물결에 얼굴을 씻는다
강물에 잠겨 있던 밤하늘이
얼굴에 물드는 줄도 모르고
손가락 마디마다
별빛이 스며드는 줄도 모르고
반딧불이는
하루의 열기를 식히고 있다
땅거미 그림자가
회룡포를 감싸고
버들잎 스칠 적마다
풀벌레 소리 새어져 나오는데
반딧불이의 얼굴은
아직도 노을에 물들어 있는 듯하다
별빛에 반짝이는 얼굴로
어깨에 얼큰한 하루를 진 채

기우는 달을 따라 흥얼거리는 콧노래가

내성천 물결에 휩쓸려 돌고 도는 밤이다

　　　　-20221009 '예천 내성천 문예 현상 전국 공모전' 우수상 수상

길[*]

그의 이마에 움푹 패인 길이 있다

나는 가느다란 출발점 위에 서서

길을 따라 흘러가는 시간에 발을 담가 본다

여러 갈래로 갈라진 길

구부러진 모퉁이를 돌 때마다 마주친

휘청거린 새벽

그 사이를 한 사람이 걸어가고 있다

언덕을 서성이다 길을 잃는다

하얗게 불타고 있는 수풀 속에서

닳아버린 신발들이 걸어 나온다

하늘의 마음을 깨달을 때까지

벌판을 헤매었을 발걸음이

이정표처럼 지평선을 바라보고 있다

길의 끝을 찾아

파도처럼 밀려오는 하루를 헤치며 걷는다

나보다 먼저 이 길을 걸었을 그를 쫓으며

지워져 가는 발자국을 더듬는다

---

* 다음 시 「동백꽃」과 함께 2편 응모함.

풀꽃들의 냄새가 바람처럼 흔들렸다

내가 지나온 길은

별빛에 뒤덮혀 보이지 않고

그가 지나간 길은

달빛으로 얼룩져 발 디딜 틈이 없다

자꾸만 꺼져가는 그의 흔적에 불을 붙였다

한참을 걷다 땀에 번진 이마의 지도를 읽었다

내가 가려는 곳은 지도에 없고

그는 어느새

맨발로 지평선을 넘어가고 있었다

-20221108 '김유정 기억하기 전국 공모전' 우수상 수상

동백꽃[*]

노란 꽃잎들이 떨어지자

언덕은 숨을 멈췄다

봄의 한가운데서

서로에게 멍처럼 스며든 사랑을 위해

알싸한 향기가 숨소리를 지웠다

수탉의 홰 치는 소리 사이로

해가 산등성이를 건너 기어나올 때마다

귓가를 때리던 목소리와

울타리 사이를 비집고

코끝을 맴돌던 감자의 열기가

기억 속에서 휘청거렸다

아찔한 꽃의 향기에

꺼지는 듯한 호흡 속에서

언덕 저 너머 허공을 울리는 목소리에

뛰어 내려가는 발걸음이

산비탈 대신 내 가슴에 멍으로 돋아

한참을 두근거리고 있었다

-20221108 '김유정 기억하기 전국 공모전' 우수상 수상

---

* 김유정의 소설 노란 '동백꽃'으로 생강나무 꽃을 말한다.

열쇠

세월의 어깨에 부딪혀
굴곡진 눈동자에
그 구부러진 시선를 받고 자란
손가락을 끼워 넣는다
딱딱한 고개가 꺾이자
해가 떨어지고
얼룩진 하루를 등진 채
나는 서둘러 도망쳤다
손가락이 더 구부러지기 전에
지평선을 향해 달렸다
하늘의 충혈된 눈동자가
잠수하듯 가라앉고 있었다

어느새 무릎까지 차오른 하루에
발이 느려졌다
덫에 걸린 새처럼 허우적대다
무심코 빨간 눈동자에
손가락을 넣자

철컥,
세상이 기울고 몸이 기울어진다
손에 쥔 태양이 두근거렸다

거리는 짤랑이는 소리로 가득했다
사람들의 손가락이
별처럼 반짝였다
열쇠 마디마디에
지평선을 향한 숨소리가
살아 있었다
마침내 하얀 눈동자가 떠오르자
모두 손가락을 끼워 넣었다
운석처럼 쏟아지는 열쇠에
달이 기울었고
온 우주가 휘청였다
흩어지는 은하수 사이로
커다란 열쇠 구멍이 열렸다
구멍 사이로 빛이 들어왔다

손에서 해가 타오르고 있었다

−20221113 '교산 허균 전국 백일장' 금상 수상

소풍

가을의 입구에 선 채
불이문을 지나 걸어 나오는 천년 역사를 펼쳐 본다
현판 글씨의 획을 따라 시선이 흐를 때마다
진리를 새겼을 붓놀림이 햇살에 흩어졌다
쌓인 발자국을 비질하던 바람이
기둥에 기대어 단풍에 물들어 갔다

계곡에 뜬 작은 무지개를 밟으며
천천히 그림자를 지웠다
발걸음을 붙잡는 매캐한 미련이
흐르는 물에 떠내려가고
아무도 닿지 못한 길
허공에 고인 목탁 소리에 몸을 헹구었다

대웅전 처마에 맺힌 염불 소리가
합장하는 손을 어루만지고
세상에 물든 지문을 용서해주는 돌기둥 두 개
다툼 속에서 스러져 간 영혼들이 잠든 명부전 앞

햇살이 고요히 파도치고 있다

공중에 걸린 계단에 올라
이마를 흐르는 찰나의 시간을 털어 냈다
비석의 어깨에 계절의 발자국이 가득했고
이끼 같은 인연이 낡은 관절에 매여 있었다
흙으로 돌아갈 생이 잠시 휘청였다
열반 속에서 피어난 단풍이
불꽃처럼 하늘에 물들자
가을의 다비식이 시작되었다
해가 타오르고 있었다

−20221125 '관동별곡 전국 백일장' 장려상 수상

샛강

강이 수평선을 향해 손을 펼치자
윤슬에 물든 손금이 반짝였다
일렁이는 손가락 사이로
섬 하나, 날개 접은 듯 앉아 있다

새벽을 깨우는 기차의 울음에
섬이 지느러미를 흔든다
넓은 이마에 얼룩진 그늘이
낙엽을 넘기며 가을을 읽는다
세상의 소금기에 물든 발걸음들이
강가를 달리고
시간의 태엽 굴러가는 소리가
가로등에 부딪혀 흩어지고 있다
구부러진 손가락이
가마우지 발자국으로 가득하다
강이 하늘을 업은 허리에 손을 올리자
출렁이는 척추뼈 마디마디에
구름 같은 물결이 스며들었다

갈매기의 등을 짚고서 해가 피어올랐다
물살을 가르는 파동은 어디에도 머물지 않았다
평평하지 못한 수면에 물의 역사가 새겨졌다
물기 가득한 생이 수심 깊숙이 가라앉았다

빈 곳 하나 없는 시간의 행진을 따라
푸른 세월이 부서지고 있었다

−20221209 '구상 한강 전국 백일장' 가작 수상

지하철

그 도서관은
쉰 목소리로 철길 위를 달렸다
네모진 입을 벌리자
각자 다른 제목의 책들이
무리 지어 책장에 꽂히듯 앉았다

도서관이 덜컹거렸지만
아무도 넘어지지 않았다
약속이라도 한 듯 고개를 기울인 문장의 숲
제목이 지워져 보이지 않는 책이 줄기 시작하자
겉표지가 너덜너덜한 책이 어깨를 내주었다
손자국 하나 없이 반짝이는 책은
거울을 보며 혼잣말을 했고
오래된 띠지를 풀어헤친 책의 시선이
허공 속에서 헤메고 있었다
바람에 번진 풍경이
터널에게 잡아먹힐 때마다
바스락거리는 소리가 났다

손잡이를 붙잡은 종잇장 같은 손가락에
안내방송의 기계음이 새겨지고
도서관이 하품을 하자
순식간에 책들이 책장에서 우르르 뛰어내렸다

마침내 도서관이 입을 다물자
지문처럼 시트에 눌어붙은 책들이
표지를 펄럭였다
하루의 첫 장이 넘어가고 있었다

-20221220 '순천대학교 전국 고교생 문예 백일장 공모전' 차상 수상

도산 안창호 선생

글자를 어루만지며
백 년 전의 세상을 들여다 본다
종이 넘어가는 소리는
옷깃에 스치는 바람을 닮았다
문장 사이로 펄럭이는 저고리가 보인다
떨어지는 땀방울은 마침표가 된다

하늘의 기억을 빌려
옛 거리를 걷는다
오렌지 향기가 서린 건물이 세워지고 있다
그 가운데 나무처럼 서 있었을 누군가
세상 곳곳에 뿌린 씨앗이
싹을 틔우는 중이다

만세를 외치는 함성과
독립을 위해 내딛는 발걸음은 모두 우리의 것
어둠에 동화되지 않은
빛 한 줄기를 따라가는 것이

이천만 국민에게 주어진 일

진리를 따르는 자들이 모여
정의를 이루는 그날까지
서로 사랑을 배우며
인물 될 공부를 하며
새롭게 역사를 써 간다

준비되지 않은 자에게는
아무것도 오지 않는다
나라를 지키기 위해
몸 바친 어느 영웅의 발자국이
하늘 가운데 햇살처럼 찍혀 있다

-20211109 '도산 안창호 전국 글짓기 대회' 우수상 수상

매미

그해 하늘은
얼마나 푸르렀던가

발 디딜 틈 없는 세상에서
매미는 스스로를 순장했다
세상의 가장자리는 씁쓸한 맛이 났다

항상
제 자리에 있었고
제 자리에 있었던 하늘을 찾아
다른 매미들처럼 작자 미상의 노래를 불렀다

뾰족한 노랫말에 찔리는
나무를 모른 체 하며,
다가오는 가을에 쫓기며
단풍에 물들 새라 노래했다

개화하는 가을은

눈먼 짐승처럼 조심스럽다
그 짐승의 발걸음에서 도망치기엔
매미는 느렸다

늦여름의 신기루처럼
매미는 새벽에 물들어 아침을 부른다

7년, 그 흙냄새 가득한 울음을
다 토해낸 후에야
매미는 비로소 여름을 졸업할 수 있었다

여름의 가장자리
아직 충분히 불타오르지 못한
그 아슬아슬한 경계선에 머물며
나는 매미가 되어 노래를 부른다

유달리 푸르던
그해 하늘을 기억하면서

-20211127 '전국 공작산 생태숲 문예 축전' 대상 수상

제4부

초중 시절 수상 작품

돌탑

햇빛이 쌓인 돌탑이
허공에 기대 서 있다

돌멩이 사이 사이에
빛바랜 소원들이
구겨져 있다

돌탑의 머리에
구름의 그림자가 눕는다

딱딱한 어깨에
바람이 기대고

이끼 낀 손톱 끝에
여름이 물들고 있다

사계절이 담긴
무릎을 굽혀

거미줄이 감긴

가느다란 손가락으로

하늘에

부서질 것 같은

역사를 쓰고 있다

−20200916(중3) '전국 한국 청소년 문학상' 중학 부문 시 대상 수상

안중근 의사

커다란 울음소리가
하늘을 울리고 있다

북두칠성을 안은 아기가
별들을 깨울 듯이 울고 있다

민족의 영웅이
땅에 첫걸음을 내딛었다

조선 이천만 백성들의
뜻이 담긴 총알 하나가
어두운 밤을
뚫고 지나간다

기차역을 울리는 총성 사이로
만세의 열기가
사람들을 뒤덮고 있다

북두칠성의 빛이 감싼
네 번째 손가락의 마디 끝에서

붉은 아침이
피어오르고 있다

짧은 생애 속
민족의 해방과 평화를 꿈꾸고
나라를 사랑한 마음이

어둠과
어둠 사이에서
꽃을 피웠다

커다란 함성 소리가
북극성을 울리고 있다

-20200326 '안중근 전국 학생 글짓기 대회' 최우수상 수상

가위

멀쩡하던 하늘이
조금씩 줄어들고 있다

군데군데
구멍이 난 하늘에서
햇빛이 새어 나온다

며칠 전 바람이
쓸 종이가 부족하다더니
하늘을 잘라 쓰고 있었나 보다

바람이 구름에 꽂아 놓은
작은 가위에

하늘 부스러기가
조금 묻어 있다

-20190524(중2) '이효석 전국 백일장' 장원 수상

하늘

같은 하늘을 보고
같은 꿈을 꾸었다

작은 나라에
커다랗게 걸쳐져 있는
먹구름을 걷었다

한 걸음은
조국의 독립을 위해서

다른 한 걸음은
백성들의 민족혼을 깨우기 위해서

한 치 앞도
보이지 않을 것 같던
까만 나라에서

어둠을 등지고 떠오르는

아침 해가 되어 주었다

"역사를 잊은 민족에게
미래는 없다"

단재 신채호 선생님의 말씀이
푸른 하늘을 안고 돈다

대한 독립이 싹트던 때
신채호 선생님의 힘으로
백성들은 파란 하늘을 덮고 산다

다신 못 볼 것 같았던
넓은 하늘 어딘가에서

신채호 선생님의 글 읽는 소리가
커다랗게
들려 오고 있다

−20181208(중1) '단재 신채호 전국 청소년 글짓기 대회' 대상 수상

백두산 가는 길

우리 할아버지
오랜 소원은

하늘에 가득 맞닿아 있는
하얀 백두산에 올라
한 걸음 딛는 것이다

백두산의
찬 바람 낡은 계단들
사람들의 온기를
온몸으로 느껴보고 싶다
하셨다

북한에서 부는 바람은
어떤 느낌일까

할아버지의 투박한 손
꼬옥 잡고서

눈 덮인 백두산 가는 길을

힘차게

걸어 보고 싶다

-20181119 '제19회 노인공경 평화통일 글짓기 전국 공모전'

통일부 장관상(최우수) 수상

숲

숲은
하늘이 친 커다란 그물

출렁이지 않는 초록 그물에
지나가던 여름이 걸렸다

여름이 그물에 물들고
그물이 여름을 꼭 안아 주고 있다

숲 그물에
여름의 커다란 발자국이 찍혀
곤히 자고 있다

-20180608 '제15회 천상 전국 백일장' 장원 수상

나무의 노래

나무는
바람으로 노래를 부른다

옹이 안에 감추어 둔
수많은 노랫가락들을

누에고치 실 뽑아내듯이
하늘로 날리는 나무

나무의 노랫소리 들었을까
민들레가 고개를 흔들고 있다

나무는
바람,
바람으로 노래를 부른다

-20180509 '제3회 민송 전국 백일장' 장원(최우수) 수상

기린

기린이 천천히
걷고 있다

목을 쭉 뻗어서
나뭇잎을 먹는데

나뭇잎으로 모자라는지
구름을 힐끔거린다

요즘 하늘이 맑더니
기린이
구름을 먹고 있었나 보다

기린이 목을 쭉 뻗어서
구름을 먹고 있다

구름으로 모자라는지
반달을 힐끔거린다

요즘

달이 반쪽밖에 없더니

기린이

달을 한 입 베어 먹었나 보다

하늘이

허전하다

-20171226(초6) '어린이 강원일보 문예대상' 연말 대상 수상

매헌 윤봉길 의사

1908년 6월 21일

충남 예산에서 큰 별이 피었다

일제 강점기라는 어둠에서
별이 날아올랐다

한인 애국단 이라는 큰 꽃봉우리 안에
별들은 모여있었다

캄캄한 나라의 앞날을
반딧불이처럼 환하게 비추어줄 별들이

1932년 역사적인 날

대한제국 사람들에게는
밝은 횃불같은 하루였던 그 날

다른이들에겐 배를 채워줄 도시락이지만
윤봉길 의사에겐
우리 민족의 역사를 밝게 채울

세상에 하나밖에 없는 소중한 도시락

그 도시락이, 그 폭탄이
단 한 번인 큰 폭발음을 날렸다

12월 19일, 추운 겨울날 왜국의 차가운 사형장에서
뜨겁게 빛나는 밤하늘의 별로 피어났다

하나

하나

사그라 들었다

매헌 윤봉길 의사의 말씀을
곧은 소나무가 파란 하늘에 새겨 넣는다

"너희도 만일 피가 있고 뼈가 있다면

반드시 조선을 위해 용감한 투사가 되어라"

그의 소중한 도시락 오늘 이 나라를 세웠다

-20171216 '매헌 윤봉길 의사 전국 글짓기 공모전' 대상 수상

하늘

폭우가 몰아치는 날
조그만 웅덩이에
하늘이 투둑 툭 떨어졌다

조그맣던 웅덩이가
하늘이 쌓여서
강이 되었다

하늘에 떠 있는 구름
강도 가지고 있고

떠가는 새들도
강이 안고 있다

어쩌면 하늘이 가지고 있는 우주도
강은 갖고 있을지 몰라

강은 언제나 하늘을 꼬옥

품어 주고 있다

-20170531 '초허 김동명 전국 백일장' 장원 수상

밥

시골에서는
밥 먹을 시간 되면
굴뚝 사이로
봉
봉
하얀 꽃이 피어오른다

산에서는
땅거미 내릴 때면
달이 밥 짓느라
소나무 위로
빨간 꽃이

포롱
포롱
하늘을 날아다닌다

하늘을 빠알갛게 뒤덮은

푹신한 꽃이

금방이라도

쏟아내릴 듯이

강물 위로

산 위로 피어오른다

−20170527 '제3회 시울림. 어울림 전국 가족 백일장' 장원 수상

빙어 무도회

설악산 맑은 물이
빙어에게 선물한 은빛 드레스

두꺼운 얼음 궁전 아래에서
누가 볼까 남몰래 사알짝 입어 봐요

달빛 쏟아지는
얼음 궁전 무도회에서
빙그르르 춤을 추며 뽐내는 빙어 친구들

빙글빙글 ~
빙그르르르 ~
연아 언니처럼 멋지게 ~

오늘도
빙어가 반짝반짝 빛나는 이유는

설악산 맑은 물이 선물한

은빛 드레스 때문이래요

-20140118(초3) '2014 인제 전국 빙어 축제 백일장' 최우수상 수상

물방울

똑똑똑
빗방울이
창문을 두드립니다

우리 집 안으로
들어오고 싶은가
봅니다

창문을 열어주면
금세 들어와
옷을
젖게 합니다

다시
문을 닫으면
또
두드립니다

어느새 창문에

졸졸졸 냇물이

흐릅니다

-20121027(초1) '제2회 전국 공작산 생태숲 문예대전' 으뜸상 수상

천생의 시인, 그 영감의 소유자
―김하은 시 세계

이영춘(시인)

1. 김하은 시의 특색

여기 뛰어난 재능의 열아홉 살 소녀 시인이 있다. 김하은 학생이 그다. 그는 올해 명지대 문창과 1학년 학생이다. 그는 시를 쓰려고 하는 중·고등 학생들에게 조금이나마 어떤 도움이 되었으면 하는 마음에서 이 시집을 출간하게 되었다고 한다. 김하은은 초등학교 1학년 8살 때부터 시를 썼다. 그리고 중학교를 거쳐 고등학교 3학년 때까지 각종 문학상 공모와 백일장에서 많은 상을 휩쓸었다. 그러나 그런 대회에 참가할 때마다 학생들이 쓴 시가 책으로 나온 것이 없어서 매우 아쉬웠다고 한다. 그런 연유로 그동안 각종 공모전과 백일장에 출전하여 수상한 작품들을 모아 내놓게 되었다고 한다. 참으로 갸륵하고 기

특한 생각이다. (* '역대 수상 목록' 부록에 첨부함)

김하은의 시를 몇 가지 특성으로 분류한다면 첫 번째는 현장성을 바탕으로 한 뛰어난 상상력의 창조물이다. 현장성이라 함은 옛날 선비들의 과거시험처럼 현장에서 제시하는 제재나 제목에 따라 시를 썼다는 뜻이다. 이때의 현장성은 직관적intuitive감각과 이미지 묘사로 주제 의식을 살려야만 작품으로서의 가치를 인정받을 수 있다. 그런 의미에서 김하은은 직관적 감각과 정서적 감각을 겸비한 천생의 시적 감각과 예술적 재능으로 태어난 영재다. 두 번째는 그의 뛰어난 상상력이다. 김하은이 시를 쓰게 된 동기는 어렸을 적부터 이 상상력이 남달랐기 때문에 시의 길로 입문하였다는 말을 들은 바 있다. 김하은은 언제나 남과 다른 시각과 정서로 사물을 관찰하고 이치를 궁구하며 시를 창작해 내는 뛰어난 상상력의 소유자다.

그러면 이제 그의 작품세계로 들어가 감상해 보자. 우선 소개할 작품은 2023년 대산 청소년문학상 백일장에서 동상을 받은 작품「동물원 탈출 챌린지」이다. 심사평에서 밝힌 바에 의하면 예선 응모작이 중등부 76명, 고등부 299명 총 375명의 응모작들 중에서 예심을 거쳐 총 35명의 예심통과 응모자를 선발하여 2박 3일 문학 캠프를 한 후 다시 백일장을 열어 13명을 선발하였다고 한다. (교보주최-대산백일장 당선작품집:『베개 위의 수목원』, 민음사 간행,

보름달이 뜨는 밤 모인 우리는
동물원 탈출 원칙 세 가지를 외웠다

다신 돌아오지 않을 것
최선을 다해 세상을 구경할 것
진짜 꿈을 찾을 것

날아오는 돌에 맞아도 표정 없는/눈요기 짐승을 벗어나/울타리 너머에 발걸음을 새기겠다는 다짐//

교차하는 네 개의 다리 사이로 달빛이 부서지고/가장 먼저 앞선 호랑이의 그림자가 이정표처럼 구부러졌다//

여기에 계속 머물다가는/얼룩이 다 지워져 버릴 것 같아//

사육된 계절은 시들어갈 뿐이고/유리창 너머를 바라보는 하루가 우리의 유일한 반항이었다//

우리는 도시를 빛나는 절벽이라고 불렀다/절벽 아래 우거진 회색 밀림에서/코끼리가 귀를 펄럭이며 버스를 가로막자/도시의 공기와 맞닿은 함성이 밤하늘로 날아올랐다//

먼지 쌓인 질서는 지키지 않았다/신호등보다 키가 큰 기린은 보름달의 신호를 따랐고/하마가 바람을 뭉개며 앞서 달려가자/눈보라처럼 쏟아지는 네온을 밟으며 펭귄 무리가 뒤를

따랐다//

날갯짓하는 플라밍고의 실루엣을 따라 돋아나는 플래시/우리가 만들어낸 별자리의 이름은 해방이었다//

언제 마취총이 갈비뼈를 겨눌지는 모르지만/온몸에 스며드는 불안을 견디는 것도/이 도시에서 배우는 생존 방법이자/우리가 만들어낸 네 번째 생존 원칙//

내일이면 기사 헤드라인에 우리의 가짜 이름이 새겨지겠지//

이제 다섯 번째 탈출 원칙을 세울 차례//

울타리 속 너희 곁에/우리의 소식이 들꽃으로 피어났으면 좋겠다//

그럼 이제 손에 쥔 꿈을 마주하고/도시 밖의 푸른 밀림을 향해/심장이 터지도록 달려야 한다//

우리의 탈출 이야기가 널리 상영될 때까지//

─「동물원 탈출 챌린지」 전문

이 작품의 시제(詩題)는 "손, 꽃, 돌, 얼음"이다. 이 중 세 단어를 응용하여 15행 이상의 시를 창작하라는 문제였다. 이 문제 제시에 김하은은 「동물원 탈출 챌린지」라는 제목을 설정하여 저돌적이고 상징적인 상상력을 발휘하고 있다. 질풍노도와도 같은 십대들의 사고와 사상을 테마로 하여 시상을 전개한 것은 매우 탁월하다. 십대들을 가두고 있는 학교생활, 혹은 공동생활의 주인공들을 '동물원'으로 환유한 제목부터 보편적인 상상력을 초월한 수작秀作이다. 울타리 속에 갇혀 있는 그 동물들이 탈출의 "원칙 세 가지를" 설정한다. 이때의 동물들은 물론 학생들이다. "다신 돌아오지 않을 것/최선을 다해 세상을 구경할 것/진짜 꿈을 찾을 것"이 그것이다. 그리고 부록 같은 조항을 첨가한다. "날아오는 돌에 맞아도" "울타리 너머에 발걸음을 새기겠다는 다짐"으로 탈출을 시도한다. 그러나 막상 탈출하여 각축장 같은 세상 속에서 생존의식을 체감하면서 "온몸에 스며드는 불안을 견디는 것도/이 도시에서 배우는 생존 방법"이라고 네 번째 생존 원칙을 만들어낸다. 그만큼 십대들이 공동생활 속에서 꿈꾸던 세계와는 다르다는 것의 암시다. 그래서 "이제 다섯 번째 탈출 원칙을 세울 차례"를 꿈꾼다. 그것은 곧 "울타리 속 너희 곁에/우리의 소식이 들꽃으로 피어났으면 좋겠다"고 들꽃 같은 희망과 꿈을 시사한다. 이 시사는 곧 십대들의 꿈이다. "이제 손에 쥔 그 꿈을 마주하고/도시 밖의 푸른 밀림을 향해/심장이 터지도록 달려야 한다"고 강렬한 의지의 희망과 꿈을 다시 제시한다. 이 암시는 곧 울타리를 탈출하여 세상에 나와 보니 세상은 그리 녹녹치 않은 삶이란 발상과 심상의 메타포다. 가히 낭만적이면서도 질풍노도 같

은 십대들의 반항심과 발상, 김하은의 뛰어난 영감적 시
상詩想 전개다.

대산 청소년 문학상 공모 예선전에서 '동상'으로 당선된
또 하나의 작품이 있다. 「클로버라는 이름의 박애주의자」
란 작품이 그것이다. 김하은은 이 시에서 한층 격조 높은
개성적인 시 세계를 펼치고 있다.

고양이는 갈비뼈를 드러내며 굳어간다
붉은 웅덩이로 고인 숨소리가 바퀴에 밟혀 흩어지고 있다

아스팔트 위로 바람의 추모 행렬이 이어진다
작은 실눈에 걸린 세상은 무슨 모양일까
나도 모르게 살금살금 걷는다
손톱으로 허공을 할퀴어 본다

주머니에서 오래된 클로버를 꺼낸다
잎이 몇 개였는지 모르겠다
줄기만 남은 클로버도 클로버라고 할 수 있을까
나는 나에게 불을 붙이는 상상을 한다

나는 오늘 카르마를 배웠다 녹턴을 쳤다
블로그에 짧은 고백을 썼다

해열제를 먹었다
인터뷰 한 적 없는 얼굴이 잡지에 실렸다
들판에 누워 있는 열아홉을 보았다

버려진 꽃다발처럼 누워 있는 고양이
그 가느다란 동공에 담긴 마지막이 나의 실루엣이었더라면
도로에 발을 딛는 순간은 없었겠지

나의 등 뒤에는 항상 클로버가 무더기로 피어 있었고
외면하면서도 그림자는 그곳에 두고 왔다
도망치다가 초록으로 뭉개지는 꿈을 꾸기도 했다
멈춘 입김을 되삼키는 건 기분 나쁜 일이었다

시체가 느끼는 감정에 대하여 시를 지어야 한다
시체는 클로버, 감정은 안단테로 한다
이마가 자꾸 열기를 뱉는다

기억을 걸러내는 방법을 아는 사람은 서둘러 나에게 편지
를 써 주길 바랍니다

그리운 클로버의 유언이다

　　　　　　　　「클로버라는 이름의 박애주의자」 전문

이 시에서 화자persona는 클로버이다. 클로버는 곧 "들판에 누워 있는 열아홉"인 작자 자신이다. 이 클로버는 곧 '박애주의자'가 되어 로드 킬 당한 '고양이'를 애도하는 주인공이다. 시적 발상과 폼form이 매우 독특하고 개성적이다. 상상력의 정수로 창조된 한 편의 드라마 같은 작품이다. 작자 자신을 클로버와 동일시하는 기법으로 '행운'을 암시하는 클로버를 '박애주의자'로 승화시킨 것이다. 묘한 심리묘사까지 동원된 이 「클로버라는 이름의 박애주의자」는 결국 "들판에 누워 있는 열아홉을 보았다"는 진술에서 암시되듯이 또 다른 모습의 자아自我다. 결국 박애주의자인 클로버는 작자의 또 다른 자아로 사물과의 동일시 기법을 사용함으로써 뛰어난 미학적 시 세계를 펼쳐 보이고 있다. 이 박애주의자는 "버려진 꽃다발처럼 누워 있는 고양이"와 같이 이 세상에서 밀려난 것들에 대하여, 버려진 것들에 대하여 박애 정신으로 위로와 조문을 보낸다. 뛰어난 상상력으로 마치 자동기술법으로 표현한 듯한 이 시는 김하은의 심리 묘사를 엿보는 듯한 미학적 작품으로 평가할 만하다.

2. 현장성을 뛰어넘는 상상력의 역사 인식

시는 상상력의 산물이다. 상상력은 바슐라르에 의하면

"심리학의 결정, 정신분석의 그것까지를 뛰어 넘어서는 하나의 자생적이며 토착적인 세계를 형성하는 것"이라고 설명한다.

김하은은 각종 백일장에서 즉석에서 제시되는 시제를 뛰어난 상상력으로 시적 미학의 작품 세계를 창조해 낸다. 2023년 중앙일보 주최 중앙 학생 시조 백일장에서 '교육부장관상'으로 대상을 받은 「오늘」이란 작품을 감상해 보자.

청년의 눈동자에 스며드는 여름밤
가판대 사이사이 진열된 졸음들이
오늘도 재고로 남아 쌓여가는 중이다

손님이 없을 때면 문제집 펼쳐 놓고
창가에 번져오는 달빛을 말벗 삼아
내일을 외우곤 했다 흔들리는 그림자

상품을 집어 들어 바코드 찍을 때면
청년의 이마에는 오늘이 새겨졌다
청춘의 최저 시급은 얼마부터 시작일까

발걸음 끊어지고 골목도 잠드는 밤
졸린 눈 비비면서 끄적이는 오늘의 꿈

오늘도 편의점 속 청년은 새벽별로 빛난다

　　　　　　　　　　　　　　　　　　　　　　「오늘」전문

　　4수로 구성한 연시조이다. 이 구성에서 유추되는 것은
첫 번째 수首를 기起로 하여 기, 승, 전, 결의 4단 구성으로
그 발상과 발화를 기점으로 출발했음을 짐작케 한다. 주
제는 '오늘'이란 막연한 관념어에 초점을 맞춰 오늘날 젊
은이들의 일자리의 노고를 암시하고 있다. 특히 이 시에
서는 아르바이트를 하는 '청년'을 화자로 하여 어렵게 현
실을 살고 있는 MZ세대들의 실태를 전개하고 있다. 「오
늘」이라는 시제에 매우 시의적절한 테마를 설정하였다고
인식된다. 이렇게 아르바이트 하는 '청년의 고단한 삶'을
"재고로 쌓여가는" 물건을 끌어들여 중의적 의미를 함의
하여 힘든 인생살이를 비유해 낸 역작이다. 이 시에서 화
자인 청년은 좌절하지 않고 희망 같은 내일을 위해 꿈을
키우는 희망적 이미지 승화에 초점이 맞춰져 있다. "창가
에 번져오는 달빛을 말벗 삼아" "문제집을 펼쳐 놓고" "내
일을 외우"듯이 공부를 하는 그 주제 의식의 승화다. 백
일장 당시 심사위원들의 심사평에서도 밝혔듯이 신춘문
예에 내놓아도 손색이 없을 만큼 좋은 작품이라고 평가
할 정도로 뛰어난 작품성을 발휘하고 있다. 특히 현장에
서 이렇게 우월한 작품을 창작할 수 있다는 것은 역시 김
하은의 천재적 재능과 뛰어난 상상력의 산물이라고 칭찬

할 만하다. 김하은이 백일장에서 당선된 작품은 부지기수다. 그중에서 몇 작품을 더 감상하면서 그의 시 세계를 살펴보겠다.

삼월의 새벽 달빛을 받으며 집을 나섰던 아들이
먹물을 뒤집어 쓴 나무막대로 굳어
그의 어머니를 마주하였을 때
좁은 병원 통로는 물먹은 울음으로 가득 차
발 디딜 틈이 없었다

하얀 천 아래 누운 어린 횃불의 심장은
까맣게 그을려 움직이지 않았고
조각난 하늘 아래 거리를 뛰어다녔을 발은
옹이 같은 멍으로 얼룩져 있었다
같은 반 학우의 등에 매달려
응급실에 들어올 때만 하더라도
구멍 난 호흡을 힘겹게 뱉고 있었더랬다

찢어진 플래카드로 동여맨 어깻죽지에서
혈관을 뚫고 나온 마지막 함성이 울컥,
붉은 동백꽃처럼 피어올랐다
총구를 뚜렷하게 바라보았을 눈동자
그 까만 동공에 맺힌 뜨거웠던 봄날이 식은 눈물로 흘러내

렸다

―「횃불」 1~3연

고개 숙인 나무들 사이
그들의 영혼은 돌탑으로 솟는다
일렁이는 별빛에 물들며 석탑은 펜촉을 세우고
은하수 가운데 천년의 역사를 새기는 중이다

혈서에 적힌 의지는 단단하게 굳어가고
눈물의 단면은 칼날처럼 날카롭다
안식의 밤은 언제 찾아올까
활시위를 벗어난 화살처럼
시간은 말발굽 소리를 내며 달려갈 뿐이다

조국의 강산을 지킨 자 누구인가
반도의 미래를 세운 자 누구인가
재단에 올려진 낙엽 한 장
그들의 쓰린 상처 어루만져 준다

―「임란의사 추모탑」 1~3연

이 두 편의 작품은 모두 역사적 사건을 제재로 하고 있다. 역사적 사건은 그 현장성을 중시한다. 백일장은 그 역사성을 배경으로 하여 역사적 의미가 은유와 상징성이 잘 녹아들고 승화된 작품을 뽑는다. 이에 지면 관계로 김 하은이 '대상'으로 뽑힌 작품 두 편만 제시하였다. 「횃불」은 1960년 4·19가 일어나기 한 달 전 3.15. 부정 선거로 마산에서 일어났던 우리나라 민주화 운동의 초석이 되고 학생운동으로 봉기된 역사적 사건이다. 당시 마산상고 김주열 학생의 시신 눈에 최루탄이 박힌 채 마산 앞바다에서 떠오르자 그 촉발로 4·19가 발발하였다. 당시 이기붕 부통령은 자살하였고 이승만 대통령은 끝내 하야 성명을 내고 망명길에 올랐던 역사적 대변혁의 사건이다. 김하은은 이 역사적 사건을 직접 목격이라도 한 듯, 골수 깊이 분노를 각인한 듯, "하얀 천 아래 누운 어린 횃불의 심장은/까맣게 그을려 움직이지 않았"다고 당시 의거에서 주검으로 돌아오는 분신들의 모습과 장면을 초연하게 그려내고 있다. 특히 3연에서는 그 현장을 목격이라도 한 듯 선명한 이미지 승화로 더욱 생생한 현장감을 이끌어낸 것은 이 작품의 빼어난 우월성이다. 「임란의사 추모탑」 역시 역사적 사건을 배경으로 한 작품이다.

　단심으로 흘린 피는 구름 사이로 스며들어
　하늘은 그날의 함성을 잊지 못한다
　천 년의 역사는 비석에서 번져 나와
　금방이라도 파도와 섞여 몰아칠 것 같다

수평선 너머 영웅의 눈동자가 떠오르고

풍경을 삼키던 운무는 지워진다

바람으로 불어오는 백의의 발자욱들

문득, 가슴 한편에 하얀 숨결이 번지는 것을 느낀다

심장에서 돋아나는 울음을 작게 토해 본다

허공을 갈랐을 민중의 푸른 눈빛

횃불 들고 휘둘렀을 영원한 기상

태양 아래, 우리의 오늘을 빛낸 자 누구인가

— 「임란의사 추모탑」 4~6연

「임란의사 추모탑」은 임진왜란 당시 치열한 격전지였던 경주시 양남면에서 일어난 임란 공신인 김웅택 장군을 비롯한 57인의 의사들의 충절과 애민 정신을 기리고 받들어 호국의 자긍심을 높이고자 매년 호국보훈의 달에 열리는 추모 행사를 소재로 쓴 시다. 이에 그곳 지자체에서 전국 학생들을 대상으로 충절의 고장임을 알리고 호국정신을 기리고자 열리는 백일장이다. 김하은이 이 시에서 시적 배경으로 끌어온 "수평선 너머 영웅의 눈동자"는 바다에서 싸웠던 용사들을 암시한다. "백의의 발자욱들"에서는 의병들의 상징인 백의민족이 한 몸으로 참전하였던 역사적 배경을 반영하고 있다. 역사적 사건에 대하여 깊이 있게 인식하고 공부한 결과물의 결정체라고 볼 때 이런

작품은 결코 가볍게 간과할 수 없는 역사적 기록물과도
같은 시가 될 것이다.

3. 김하은 시의 특성과 시적 알레고리

문학의 3대 특성 중 하나는 보편성이다. 이 보편성은
어느 나라, 어느 민족이든 세계인들이 공통적으로 느낄
수 있고 공감할 수 있는 인간의 보편적인 정서emotion를
뜻한다. 몇 년 전 우리나라의 〈기생충〉이란 영화가 칸 국
제 영화제에서 작품상을 비롯하여 네 개의 상을 휩쓴 것
도 이 '보편성'을 획득했기 때문이다.

김하은은 백일장에 참여하여 시제가 주어질 때마다 가
장 먼저 화자, 혹은 시적 대상으로 설정하는 주인공이 '아
버지'이다. 이때에 그 '아버지'는 권력도 부富도 가진 것이
없는 민초들의 상징적 아버지다. 그런 아버지는 주로 노
동자 농민으로 인력시장에서 품팔이로 생계를 이어가는
노동자로 등장한다. 「새」란 작품부터 감상해 보자.

조류 도감 첫 페이지
비석처럼 나열된 목차들 사이
아버지의 이름이 새겨지고 있다

반세기가 넘도록 파닥이다가
퇴화한 지 오래인 아버지의 날개는
몇 년 전 떨어지던 철근이 어깨에 박혔을 때
마른 등에 흉터로 굳어 버렸다

공사장 계단에서 미끄러지며
시멘트 바닥으로 추락하던 굽은 등의 새
매일 날개에 스며들던 통증
마침내 병원에 둥지를 틀었다

얼음찜질을 하다 곤히 잠든
나이 많은 새의 등에 새겨진 날개의 역사
튀어나온 척추 양옆에 남겨진 깃털 하나하나가
새가 날아온 발자국이다
하루가 넘어갈 때마다
흔적처럼 어제와의 경계에 흘린
지울 수 없는 흉터 같은 눈물 한 방울이다

─「새」 1, 2, 3, 5연

아버지를 '새'로 형상화하여 첫 행에 "조류 도감"을 끌어
온 발상부터 기발한 알레고리다. 그리고 그 "조류 도감 첫
페이지"에 "비석처럼 나열된 목차들 사이/아버지의 이름
이 새겨지고 있다"는 표현은 환자들의 이름이 나열된 명부

를 암시한다. 그런데 그 아버지는 공사장에서 노동을 하다
가 "몇 년 전 떨어지던 철근이 어깨에 박혔"는데 이번에는
또 "공사장 계단에서 미끄러지며/시멘트 바닥으로 추락"한
"굽은 등의 새"로 상징화되었다. 이 '새'는 아버지를 날개 잃
은 새로 승화시켜 낸 기법이다. 시는 곧 은유의 언어이다.
"시의 언어는 은유를 대리인으로 한다는 것은 새로운 뜻을
만들어 내기 때문"이라고 한 쉘리의 말과 같이 뛰어난 상
상력으로 이 시 「새」의 5연과 같은 수사법을 구사, 구가하
는 능력을 발휘하는 것이 김하은 시의 강점이다.

지워지지 않는 파랑이 있다
곤히 잠든 아버지의 숨소리는
방 안의 적막을 채우며 너울지고
하늘과 맞닿은 푸른 일터는
어부들의 발자국을 삼키며 몸집을 키운다

파도는 요동치며 계곡을 만든다
아버지가 건너간 수면의 굴곡 위로
선박의 그림자가 푸른 물때처럼 흔들린다

―「파도」1~2연

노란 형광 조끼를 걸친 아빠의 빗자루가

길가를 쓸고 있는 가을날

쓰레받기로 밀려 들어가는 낙엽 사이에

아빠의 계절이 숨어 있다

가을이 다가온 것도 잊은 채

종일 비질을 하는 아빠

눈물처럼 떨어지는 땀방울이

단풍에 물든 듯 붉은 얼굴을 식혀주고 있다

거리의 가장자리를 청소하는 아빠의 계절

굽은 허리 위에 쌓인 낙엽은

누가 쓸어줄 수 있을까

「가을」1,4연

아빠의 허리가

익어가는 벼처럼 구부러지는 여름날

잡초를 뽑는 주름진 얼굴이

땀방울에 잠기는 정오가 되면

아빠는 논바닥에 뿌리내렸던 몸을 이끌고

나무 밑 잔디밭으로 걸어간다

허공에 그림자를 걸어 놓고

잔디밭을 식탁 삼아 새참을 먹는 아빠

푸른 식탁은 지평선까지 펼쳐져 있어

그릇과 함께 고단한 하루도 올려 놓는다

하늘의 발자국을 반찬 삼아

숟가락을 들어 올리는 아빠

「여름 식탁」1~2연

　이 세 편의 시에서도 '아버지'를 시적 대상으로 하고 있다.「파도」에서의 아버지는 어부로 종사하는 노동자로 묘사되고 있다. 아버지의 힘든 노동을「파도」라는 제목과 잘 매치시킨 극적 효과의 형상화다.

　「가을」의 제재는 청소부로 매치시킨 아버지다. 이 청소부의 노동을 "눈물처럼 떨어지는 땀방울"로 힘든 노동을 암시한다. 실제로 청소부들의 노동은 매우 힘들다고 한다. 특히 음식물을 수거하는 청소부들의 노동은 부패되어 흘러내리는 음식물로 인해 삼백육십오일 역겨운 냄새에 시달린다고 한다.

　「여름 식탁」에서는 아버지를 농부로 형상화하여 "아빠의 허리가/익어가는 벼처럼 구부러지는 여름날"이란 동일시 현상의 기법으로 의인화 하고 있다. 특히 2연에서는 "잔디밭"과 "지평선"을 "푸른 식탁"으로 비유한 것은 과연 김하은은 이미지 창조의 재벌가이구나! 하는 감탄을 자아내게 한다. 이 작품「여름 식탁」은 2023년 9월 8일「메밀꽃 필 무렵」의 고장 봉평 이효석 백일장에서 문화체육부장관상을 받은 '대상' 작품이다.

이밖에도 김하은은 '대구 상화 백일장' 차상 작품에서는 이상화의 민족정신을 기리는 "지워지지 않는 파랑이 있다"(「파도」)고 노래 하였고 '영주 죽계 백일장'에서는 "지난 반세기 동안/아버지는 달팽이였다"(「짐」)라고 무거운 삶의 짐을 진 아버지를 노래하였다. '김유정 백일장' 최우수상 당선 작품에서는 외국인 노동자를 「낙타」에 비유하여 "사막을 떠나왔지만 가는 곳마다 사막이었다"고 외국인들의 힘든 노동 현장의 노고를 그려내고 있다. 2023년 '만해 축전 전국고교생 백일장'에는 '그늘'이란 시제 하에 "유품 정리사들의 검정 장화가/고지서처럼 쌓인 그늘을 밟으며"(「그늘의 무덤」)와 같이 어느 장례식장의 어둡고 스산한 이미지를 형상화하고 있다.

이와 같이 김하은은 각종 백일장에서 시제가 주어지면 가장 먼저 보편적인 아버지, 가진 것이 없는 아버지, 인생의 밑바닥을 살고 있는 '아버지'를 환유하여 시적 세계를 창조해 내고 있다. 이것은 곧 지적知的작용과 연상적 작용에 의한 뛰어난 상상력 없이는 불가능한 일이다. 그래서 김하은을 알고 있는 많은 시인들과 어른들은 천재적 재능을 갖고 태어난 영재라고 평가한다.

4. 독창적이고 개성적인 시 창조의 길

지금까지 김하은이 고교 시절 각종 공모전과 백일장에 참가하여 입상한 작품을 위주로 그의 작품세계를 분석해 보았다. 이렇게 어떤 대회에 참가용 글쓰기는 그 시상이 한정될 수밖에 없는 것이 일반적 한계다. 그럼에도 김하은은 기발한 발상으로 각종 대회에서 수많은 수상을 하였다. 그 공적으로 각 대학에서 인정하는 상장과 상패와 실기 고사를 통하여 그 어려운 관문을 뚫고 문창과에 무난히 입학할 수 있었다. 더구나 예고에 다닌 것도 아니고 지방 소도시의 일반고에서는 국어 시간 외엔 문학을 접할 기회가 없다. 그러므로 김하은은 순전히 외로운 자신과의 싸움으로 독서를 하고 시를 쓰면서 자신을 이겨냈다고 해도 과언이 아니다.

앞으로는 이런 한정된 틀 속에서 써 오던 스타일을 버리고 무한한 자신만의 시 세계를 창조하고 개발해야 할 것이다. 무한대의 사유, 무한대의 새로운 스타일의 창조, 무한대의 새 지평을 여는 시 세계와 시 정신을 향하여 개발하고 노력해야 할 일이다. 질풍노도(sturm und Drang)와 같은 개성적인 시, 자유분방한 청소년 시기를 놓치지 말고 섬광 같은 상상력을 발휘하여 김하은의 명성이 만천하에서 펄럭이기를 기대한다.

시인의 말

저는 어렸을 때부터 시를 써왔습니다. 그리고 문예창작학과에 진학하게 되었습니다. 문창과 입시를 준비하는 학생들이 볼 수 있도록 저의 응모작들을 모아 보았습니다. 많은 도움이 되었으면 좋겠습니다.

■ 역대 수상 목록

2012 ~ 2023 수상실적 합계 219개

2012년 후평초등학교 1학년 9개

2012 8 4 동해 | 전국 | 늘푸른 바다 백일장 | 장원 | (사)한국예술문화
단체총연합회 동해지회장

2012 8 12 화천 | 전국 | 화천 감성 독서진흥 백일장 | 우수 | 강원도 교
육감

2012 8 15 서울 | 전국 | 정신대해원상생 어린이 백일장 | 장려 | 한국
작가회의 이사장

2012 9 7 평창 | 전국 | 33회 이효석 백일장 | 우수 | 이효석문학선양회
이사장

2012 9 12 산청 | 전국 | 한글 학생 백일장 | 참방 | 산청문화원장

2012 10 7 삼척 | 전국 | 29회 동안이승휴 백일장 | 가작 | (사)한국예총
삼척지회장

2012 10 15 군포 | 전국 | 21회 군포 백일장 | 장려 | (사)한국예술인총연
합회 군포지부장

2012 10 21 강릉 | 전국 | 51회 대현율곡이이백일장 | 장려 | 한국문인협
회강릉지부장

2012 10 27 홍천 | 전국 | 2회 공작산생태숲문예축전 | 으뜸상 | 홍천군
수

2013년 후평초등학교 2학년 17개

2013 3 1 전국 | 만해 백일장 | 장려 | (사) 대한불교청년회 중앙회장

2013 5 4 춘천 | 24회 파란글꽃그림잔치 백일장 | 우수 | 교차로신문사

대표이사

2013 5 5 춘천 | 춘천교대 사생대회 | 입선 | 춘천교대 이구동성 총학
생회

2013 6 1 춘천 | 29회 의암제 | 가작 | 한국문협 춘천지부장

2013 6 8 충북 | 전국 | 16회 청소년충효실천대회 | 동상 | (사)대한청소
년충효단연맹 총재

2013 6 17 교내 | 문예행사 그리기 대회 | 장려 | 후평초등학교장

2013 7 13 강릉 | 전국 | 강릉바다축제 | 차상 | 강원일보 사장

2013 8 12 인제 | 전국 | 2회 님의 침묵 백일장 | 장려 | 인제신문사 사
장

2013 9 28 수원 | 전국 | 4회 정조대왕숭모백일장 | 참방 | 수원시인협
회장

2013 9 28 춘천 | 춘천 | 소양제 | 차상 | 춘천문인협회장

2013 10 9 여주 | 전국 | 16회 세종 백일장 | 금상 | (사) 한국예총여주지
회장

2013 10 13 영월 | 전국 | 16회 김삿갓 백일장 | 장려 | 영월교육지원청
장

2013 11 2 강원 | 강원 | 강원 어린이 장래 희망 글짓기 | 차하 | 강원아
동문학회장

2013 11 8 강릉 | 전국 | 1회 김동명 백일장 | 입선 | 강릉문인협회장

2013 11 15 화성 | 전국 | 11회 정조 효 백일장 | 차하 | 한국문협화성지
부장

2013 11 16 충청 | 전국 | 5회 2충 1효 백일장 | 입선 | 충청탑뉴스신문사
대표이사

2013 11 30 경기 | 전국 | 10회 전국 청소년 통일염원예술대회 | 입선
| 기호일보 사장

2014년 후평초등학교 3학년 23개

2014 1 18 인제 | 전국 | 2014 빙어축제 백일장 | 최우수 | 한국문협 이
사장

2014 4 19 김해 | 전국 | 가야문화축제 백일장 | 장려 | 한국문협김해지
부장

2014 5 2 교내 | 교내 문예 행사 | 장려 | 후평초등학교장

2014 5 19 춘천 | 세계어린이축제 그림 그리기 | 입선 | 강원정보문화
진흥원장

2014 5 29 여주 | 전국 | 세종날 기념 글짓기 대회 | 동상 | 세종기념사
업회장

2014 5 30 충주 | 전국 | 38회 감자꽃 동시 대회 | 참방 | 한국문협충주
지부장

2014 6 1 춘천 | 의암제 사생대회 | 입선 | 한국미협춘천지부장

2014 6 1 춘천 | 의암제 글짓기 대회 | 차상 | 한국문협춘천지부장

2014 6 14 강화 | 전국 | 육필문학 백일장 | 대상 | 강화군수

2014 7 12 강릉 | 전국 | 강릉바다축제 | 장원 | 강원일보사 사장

2014 7 26 원주 | 전국 | 19회 운곡 전국 학생 추모 백일장 | 가작 | 운
곡학회 대표이사

2014 8 2 홍천 | 전국 | 24회 나라꽃 무궁화 축제 | 입선 | 홍천축제위
원회위원장

2014 8 9 충주 | 전국 | 2014 상상나라 여름 페스티발 | 전국 | 충주시
장

2014 8 15 강원 | 강원도청소년글쓰기대회 | 가작 | 광복회강원도지부
장

2014 9 3 춘천 | 행복한가족만들기편지쓰기공모전 | 우수 | 춘천교육
지원청장

2014 9 5 평창 | 전국 | 35회 전국 효석 백일장 | 장려 | 이효석문학선
양회이사장

2014 9 22 수원 | 전국 | 5회 정조대왕 숭모 백일장 | 참방 | 수원시인
협회장

2014 9 24 강원 | 어린이 백일장 나도 작가 | 차하 | 강원도춘천교육문
화관장

2014 9 27 춘천 | 36회 소양제 백일장 | 차상 | 한국문협춘천지부장

2014 9 28 옥천 | 전국 | 13회 지용 전국 백일장 | 차하 | 옥천예총회장

2014 10 5 삼척 | 전국 | 31회 동안 이승휴 백일장 | 가작 | 삼척문화원
장

2014 10 11 충북 | 전국 | 7회 청풍명월 전국 시조백일장 | 차하 | 충북
시조문학회장

2014 12 17 춘천 | 윤희순 여사 얼 선양 백일장 | 장원 | 춘천시장

2015년 후평초등학교 4학년 8개

2015 1 9 평창 | 전국 | 청소년설원문학상 작품 공모전 버금상 | 한국
문협평창지부장

2015 5 31 춘천 | 의암제 사생대회 | 장려 | 한국미협춘천지부장

2015 6 10 의정부 | 전국 | 12회 천상병 백일장 | 장원 | 의정부교육지
원청교육장

2015 8 29 전국 | 우장춘박사를 아세요? 수기 공모전 | 최우수 | 농촌
진흥천장

2015 10 2 천안 | 전국 | 유관순 열사 추모 글짓기 공모전 | 장려 | 천안
시장

2015 10 9 영월 | 전국 | 18회 김삿갓 문화제 학생 백일장 | 장려 | 영월
교육지원청교육장

2015 11 10 춘천 | 평화통일글쓰기 공모전 | 장려 | 민주평화통일자문회
춘천의장

2015 11 14 수원 | 전국 | 8회 정조대왕숭모백일장 | 차하 | 수원시인협

회장

2016년 후평초등학교 5학년 5개

2016 5 1 춘천 | 의암제 백일장 | 금상 | 한국문협춘천지부장

2016 6 8 청주 | 전국 | 연극사랑 전국 학생 백일장 | 참방 | 한국문협
청주지부장

2016 10 1 춘천 | 소양제 글짓기 대회 | 대상 | 춘천 문화원장

2016 10 31 산청 | 전국 | 전국 한글 백일장 | 차상 | 산청군 농협 조합
장

2016 11 4 전북 | 전국 | 제 2회 고은 백일장 | 가작 | 고은문화사업추진
위원회장

2017년 후평초등학교 6학년 28개

2017 5 13 춘천 | 27회 파란글꽃잔치 그림잔치 | 장려 | 상상마당사회
공헌실장

2017 5 26 평창 | 전국 | 38회 전국 효석 백일장 | 최우수 | 이효석문양
선양회장

2017 5 27 인제 | 전국 | 시울림 어울림 전국 백일장 | 장원 | 한국문협
이사장문효치

2017 5 31 강릉 | 전국 | 3회 김동명 시인 백일장 | 대상 | 강릉시장

2017 7 10 서울 | 전국 | 행복이 자라는 새싹 글짓기 대회 | 가작 | 신세
계그룹 이마트 대표

2017 8 6 화천 | 전국 | 세계평화안보문학축전 | 화천군의회장

2017 8 30 충주 | 전국 | 2017여름방학 상상나라 글짓기 | 가족화합상 |
충북도지사

2017 9 16 강원 | 전국 | 28회 월하시조백일장 글짓기 대회 | 차하 | 강

원시조시인협회장

2017 9 16 화천 | 전국 | 28회 월하시조백일장 그리기 대회 | 장려 | 화
천미술인협회장

2017 9 16 평창 | 전국 | 한중일 시인 축제 시창작 공모전 | 은상 | 전국
한국시인협회장

2017 9 22 영월 | 전국 | 20회 김삿갓 백일장 | 장원 | 강원도지사

2017 9 23 춘천 | 소양제 | 대상 | 춘천문화원장

2017 10 9 전국 | 제3호 한국시조문학관시조대회 | 참방 | 한국시조문
학관장

2017 10 13 인제 | 전국 | 박인환 백일장 | 장원 | 한국문협이사장

2017 10 20 전국 | 한민족통일문예제전 | 민족통일강원협의회장

2017 10 20 전국 | 17회 산림문화작품공모전 | 장려 | 산림조합중앙회
장

2017 10 26 강원 | 강원학생문학상 | 대상 | 강원문학교육연구회장

2017 10 28 안성 | 전국 | 17회 박두진 백일장 | 가작 | 한국문협안성지
부장

2017 10 29 서울 | 전국 | 제1회 무소유 어린이 글짓기대회 | 차상 | 맑
고 향기롭게

2017 10 31 강릉 | 전국 | 대현율곡이이 백일장 | 차상 | 강릉시장

2017 11 4 서울 | 전국 | 도산안창호글짓기 대회 | 우수 | 도산안창호기
념사업회

2017 11 11 화천 | 전국 | 화천지부문예공모전 | 장원 | 화천교육지원청
장

2017 11 25 서울 | 전국 | 효사랑글짓기공모전 | 입선 | 효세계화본부이
사장

2017 12 8 서울 | 전국 | 눈높이아동문학대전 | 은상 | 대교이사장

2017 12 10 서울 전국 | 의암손병희글짓기공모전 | 장려 | 의암손병희
기념사업회장

2017 12 16 서울 | 전국 | 매헌윤봉길의사 글짓기공모전 | 대상 | 서울
교대총장

2017 12 26 강원 | 강원 | 어린이강원일보 문예대상 | 대상 | 강원일보
사장상

2018 2 9 후평초등학교 | 공로상 | 후평초등학교장

2018년 유봉여자중학교 1학년 30개

2018 4 5 고령 | 전국 | 10회매운당이조년선생글짓기대회 | 장려 | 한
국문협고령군지부장

2018 5 5 강릉 | 전국 | 난설헌2018전국백일장 | 은상 | 교산난설헌선
양회이사장

2018 5 9 제천 | 전국 | 세명대학교3회민송백일장 | 장원 | 세명대학교
총장

2018 5 25 평창 | 전국 | 39회전국이효석백일장 | 최우수 | 이효석문양
선양이사장

2018 6 8 의정부 | 전국 | 15회천상병글짓기대회 | 장원 | 한국문협이
사장문효치

2018 6 20 충주 | 전국 | 충주 청소년 문학상 | 차하 | 중원문학회장

2018 6 28 전국 | 17회국제지구사랑작품공모전 | 특별상 | 원주지방환
견경청장

2018 6 30 춘천 | 2018환경사랑춘천글짓기공모전 | 장려 | 춘천시장

2018 7 11 대구 | 전국 | 5회나라사랑청소년문예대전 | 입선 | 매일신문
사사장

2018 7 12 양주 | 전국 | 12회양주김삿갓전국문학대회 | 최우수 | 경기
도교육감

2018 7 21 전국 | 전국청소년청하백일장 | 입선 | 한국문학진흥재단위
원장

2018 7 26 춘천 | 전국 | 전국2018김유정문학캠프백일장 | 대상 | 김유
정기념사업회이사장

2018 7 28 전주 | 전국 | 전국덕진공원초중학생백일장 | 최우수 | 전북
문인협회장

2018 7 28 전주 | 전국 | 덕진공원초중학생백일장 | 최우수 | 전주시장

2018 9 12 전국 | 11회기록사랑백일장 | 동상 | 국가기록원장

2018 9 17 강원 | 강원도중고등학생실기대회 | 시지역1위 | 강원도교육
감

2018 10 5 전국 | 산림문화작품공모전 | 장려 | 산림조합중앙회장

2018 10 8 전국 | 전국오대산문화축전학생백일장 | 장원 | 강원일보사
장

2018 10 9 강릉 | 전국 | 전국교산허균전국백일장 | 교산상 | 교산난설
헌선양회이사장

2018 10 11 옥천 | 전국 | 전국이은방백일장 | 장원 | 옥천군수

2018 10 11 전국 | 세계학교우유의날에피소드대회 | 동상 | 낙농진흥회
장

2018 10 14 전국 | 김유정기념그림그리기대회 | 장려 | 한국미협강원도
지회장

2018 10 17 동해 | 전국 | 33회동해무릉제백일장 | 장원 | 한국예술문화
단체동해지회장

2018 10 21 공주 | 전국 | 1회전국풀꽃백일장대회 | 우수 | 충남공주교
육지원청장

2018 10 23 오산 | 전국 | 해동공자최충문학상 | 특별상 | 국회의원 안
민석

2018 10 28 전국 | 사회통합기초질서지키기 | 장려 | 건강사회운동본
부이사장

2018 10 30 산청 | 전국 | 19회전국학생백일장 | 장원 | 한국문화원연합
회장

2018 11 6 전국 | 한민족통일문예대전 | 강원도지방경찰청장

2018 11 19 대전 | 전국 | 전국글짓기표어공모전 | 특상 | 통일부장관상

2018 12 8 청주 | 전국 | 제9회전국단재청소년글짓기대회 | 대상 | 충
북교육감상

2019년 유봉여자중학교 2학년 37개

2019 3 1 서울 | 전국 | 40회 전국 만해 백일장 | 장려 | 대한불교청년
회중앙회장

2019 3 30 횡성 | 전국 | 4.1횡성군민만세운동백일장 | 차상 | 횡성문화
원장

2019 4 12 춘천 | 의암제한글백일장 | 춘천문화원장

2019 4 14 고령 | 전국 | 전국이조년선생추모백일장 | 차하 | 성주이씨
대종회장

2019 4 27 마산 | 전국 | 3.15의거백일장 | 장려 | 마산문인협회장

2019 4 27 강릉 | 전국 | 난설헌백일장 | 금상 | 교산난설헌선양회이사
장

2019 5 18 전국 | 2019하이원글짓기대회 | 1등 | 부총리 겸교육부장관
상

2019 5 24 평창 | 전국 | 효석백일장 | 최우수 | 평창교육지원청교육장

2019 5 25 서울 | 전국 | 입지효문화예술축제 | 입선 | 한국효문화센터
이사장

2019 5 25 춘천 | 전국 | 제1회김유정청소년문학상 | 우수 | 김유정기념
사업회이사장

2019 5 25 제천 | 전국 | 세명대학교민송백일장 | 금상 | 세명대학교총
장

2019 6 1 원주 | 전국 | 28회치악산전국청소년백일장 | 차하 | 한국문
협원주지부장

2019 6 15 충주 | 전국 | 감자꽃 동시 백일장 | 장원 | 충북도지사

2019 6 20 충주 | 전국 | 30회충주정소년문학상 | 장원 | 충북교육감상

2019 6 26 횡성 | 전국 | 2. 28민주운동글짓기공모전 | 동상 | 2.28민주
운동기념사업회장

2019 6 28 서울 | 전국 | 28회국립서울현충원호국문예 | 가작 | 국립서
울현충원장

2019 7 12 서울 | 전국 | 국제지구사랑작품공모전 | 입선 | 국제환경실
천연합회장

2019 7 13 서울 | 전국 | 중앙학생시조백일장 | 가작 | 중앙일보대표이
사

2019 8 10 서울 | 전국 | 10회나라사랑독도글짓기대회 | 최우수 | 강원
도지사

2019 9 21 강원 | 강원 | 강원도중고등학생실기대회 | 시지역2위 | 강원
도교육감

2019 9 28 화천 | 전국 | 월하이태극시조백일장 | 차하 | 강원시조시인
협회장

2019 10 5 정선 | 전국 | 정선아리랑전국청소년문학상 | 장려 | 한국문
협정선지부장

2019 10 6 충주 | 전국 | 충주사과백일장 | 참방 | 한국문협충주지부장

2019 10 9 서울 | 전국 | 전국초중고사육신백일장 | 최우수 | 국회의원
나경원

2019 10 10 평창 | 전국 | 오대산전국학생백일장 | 장원 | 강원도지사
최문순

2019 10 11 전국 | 19회산림문화작품공모전 | 장려 | 산림조합중앙회장

2019 10 12 음성 | 전국 | 반기문전국백일장 | 2등 | 충북음성교육지원
청장

2019 10 19 홍천 | 전국 | 공작산문예축전 | 은상 | 한국문협 홍천지부
장

2019 10 31 강릉 | 전국 | 대현율곡이이백일장 | 차상 | 강릉시장

2019 11 1 전국 | 한민족통일문예대전 | 강원도교육감상

2019 11 4 수학시화 | 우수 | 유봉여자중학교장

2019 11 8 강원 | 수학시화그리기부문 | 우수 | 강원도교육감상

2019 11 22 화천 | 전국 | 화천군지부문예작품공모전 | 장원 | 강원도화
천교육지원청장

2019 12 6 의정부 | 전국 | 의정부전국공모전 | 차하 | 한국문협의정부
지부장

2019 12 17 전국 | 해양글짓기공모전 | 장려 | 한국해양재단이사장

2019 12 22 전국 | 천태종광수문학상 | 동상 | 대전문인협회장

2019 12 31 서울 | 전국 | 초중고아름다운편지쓰기공모전 | 금상 | 강원
도교육감

2020년 유봉여자중학교 3학년 11개

2020 3 26 서울 | 전국 | 18회안중근의사순국108주년글짓기대회 | 최
우수 | 안중근의사숭모회장

2020 6 27 원주 | 전국 | 치악산전국청소년백일장 | 장려 | 한국문협원
주지부장

2020 6 28 창원 | 전국 | 진해군항제한글백일장 | 차상 | 경남창원교육
지원청장

2020 7 3 대전 | 전국 | 대덕백일장 | 장려 | 대덕문화원장

2020 7 30 고령 | 전국 | 이조년선생백일장 | 차하 | 성주이씨대종회장

2020 8 8 포항 | 전국 | 쇳물백일장 | 참방 | 한국문협포항지부장

2020 9 16 강원 | 한국청소년문학상 | 장원 | 한국문협강원지회장

2020 9 30 충주 | 전국 | 충주청소년문학상전국대회 | 참방 | 중원문
학회장

2020 11 18 대구 | 전국 | 달구벌백일장 | 차상 | 대구문인협회장

2020 12 10 춘천 | 전국 | 김유정기억하기공모전 | 최우수 | 강원일보
　　　사장
2021 2 5 유봉여자중학교 | 공로상 | 유봉여자중학교장

2021년 춘천여자고등학교 1학년 5개

2021 10 6 영월 | 전국 | 김삿갓문화제 | 차상 | 한국문협영월지부장
2021 11 5 강원 | 전국 | 한민족통일문예대전 | 민족통일강원협의회장
2021 11 9 서울 | 전국 | 도산안창호글짓기대회 | 우수 | 도산안창호선
　　　생기념사업회장
2021 11 24 강원 | 전국 | DMZ 문학상 | 차하 | 강원도교육감상
2021 11 27 홍천 | 전국 | 공작산생태숲문예축전 | 대상 | 홍천군수

2022년 춘천여자고등학교 2학년 12개

2022 8 10 충주 | 전국 | 제32회충주청소년문학상전국대회 | 차상 | 충
　　　북충주교육지원청장
2022 8 13 인제 | 전국 | 님의침묵백일장 | 장려 | 인제신문사 발행인
2022 8 29 강릉 | 전국 | 2022난설헌백일장 | 대상 | 교산난설헌선양회
　　　이사장
2022 9 25 옥천 | 전국 | 정지용백일장 | 장려 | 한국문협옥천지부장
2022 10 8 홍천 | 전국 | 청소년종합예술제 | 대상 | 홍천 군수
2022 10 9 예천 | 전국 | 예천내성천문예현상공모전 | 우수 | 한국낭독
　　　회장
2022 10 31 강릉 | 전국 | 대현율곡이이전국백일장 | 장려 | 대현율곡
　　　이이선생제전위원장
2022 11 8 춘천 | 전국 | 김유정기억하기공모전 | 우수 | 강원일보사장
2022 11 13 강릉 | 전국 | 교산난설헌백일장 | 금상 | 교산난설헌선양회

장

2022 11 25 고성 | 전국 | 관동별곡백일장 | 장려 | 고성군의회장상

2022 12 9 서울 | 전국 | 구상한강백일장 | 가작 | 구상선생기념사업회
장

2022 12 20 순천 | 전국 | 국립순천대학교 전국 고교생 백일장 | 금상 |
국립순천대학교총장

2023년 춘천여자고등학교 3학년 34개

2023 3 25 마산 | 전국 | 3.15 의거 백일장 | 장원 | 국가보훈처장

2023 3 31 창원 | 전국 | 고향의 봄 백일장 | 장원 | 경남교육감상

2023 4 30 옥천 | 전국 | 정지용 청소년 문학상 | 대상 | 옥천문인협회
장

2023 5 6 영주 | 전국 | 제38회 죽계 백일장 | 대상 | 한국문협이사장

2023 5 6 예천 | 전국 | 제20회 서하 백일장 | 차하 | 한국문협 예천지
부

2023 5 15 고양 | 전국 | 제23회 호수예술제 공모전 | 우수 | 환경문화
연대회장상

2023 5 15 전국 | 한국 청소년 문학상 공모전 | 대상 | 사단법인문학사
랑협의회

2023 5 15 대구 | 전국 | 상화 문학제 백일장 | 차상 | 대구 수성문화원
장

2023 5 21 대전 | 전국 | 한국 청소년 백일장 | 대상 | 대전문화재단장

2023 5 22 경남 | 전국 | 제34회 노산 시조백일장 | 장원 | 경남시조시
인협회장

2023 5 31 전국 | 제18회 다형 김현승 학생 문예작품공모 | 우수 | 다형
김현승시인기념사업회장

2023 5 31 대전 | 전국 | 제41회 한밭 백일장 | 장려 | 한국문협 대전광

역지회

2023 6 3 대전 | 전국 | 제35회 한남대학교 전국고교생 백일장 | 장려 | 한남대학교 총장

2023 6 4 경주 | 전국 | 제15회 임란의사 추모 백일장 | 대상 | 경주시장 주낙영

2023 6 15 경북 | 전국 | 제15회 이조년 선생 추모 백일장 | 차상 | 경북 고령교육지원청장상

2023 7 14 충청 | 전국 | 제14회 2충1효 전국 공모전 | 입선 | 교육타임즈신문사 사장

2023 7 15 서울 | 전국 | 제9회 중앙 학생 시조 백일장 | 대상 | 부총리 겸 교육부장관 이주호

2023 7 18 서울 | 전국 | 제25회 초중고 백일장 | 가작 | 장애인먼저실천운동본부이사장

2023 7 21 대구 | 전국 | 대구불교방송 꿈이 있는 문예마당 공모전 | 대상 | 교육부장관상 이주호

2023 8 2 서울 | 전국 | 제31회 교보 대산 청소년 문학상 | 동상 | 대산문화재단 이사장

2023 8 2 울산 | 전국 | 제21회 오영수 백일장 | 차하 | 울산매일신문사 대표이사

2023 8 9 강원 | 전국 | 만해축전 전국고교생 백일장 | 대상 | 문화체육부장관상

2023 8 11 김천 | 전국 | 제6회 백수 정완영 학생 시조 공모전 | 장원 | 경북김천교육지원청장

2023 8 11 서울 | 전국 | 제23회 농어촌청소년 문예제전 | 최우수 | 농어촌청소년육성재단 이사장

2023 9 8 봉평 | 전국 | 제44회 이효석 백일장 | 대상 | 문화체육부장관상

2023 9 9 양평 | 전국 | 제20회 황순원 문학제 백일장 | 가작 | 경희대

학교 총장

2023 9 15 전북 | 전국 | 제11회 신동문 청소년 문학상 | 동상 | 신동문
청소년문학상운영위원장

2023 9 26 전국 | 제23회 고산 청소년 시서화 백일장 | 장려 | 고산문
학축전운영위원장

2023 10 12 춘천 | 전국 | 제31회 김유정 백일장 | 최우수 | 김유정문학
촌장

2023 10 28 서울 | 전국 | 제12회 구상 한강 백일장 | 가작 | 구상선생
기념사업회장

2023 10 31 춘천 | 전국 | 제30회 김유정 기억하기 공모전 | 최우수 |
강원일보사장

2023 11 10 고성 | 전국 | 제15회 관동별곡 송강 고교생 문학대전 | 우
수 | 강원고성교육지원청장

2023 11 30 부산 | 전국 | 제7회 충효예 실천 세계 글짓기 대회 | 입선 |
충효예실천본부이사장

2024 1 5 춘천여자고등학교 | 공로상 | 춘천여자고등학교장